FOLLOWING IN THE FOOTSTEPS OF DIONYSUS

与酒神同行

韩博 - 著

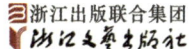

目录

001 | 狄俄尼索斯的六种侧影

005 | 意大利饮食之诗

075 | 波兰的十三月

113 | 通往库斯图里卡之路

173 | 眼波摇尾献媚的莎士比亚

203 | 新世界的旧舞步

237 | 从来就没有什么救世主,达达们团结起来到明天!

狄俄尼索斯[1]的六种侧影

韩博

没有谁是一座孤岛，文明更是如此。

起源于地中海的希腊－罗马文明，本身即是一种亚非欧三块大陆交汇形成的早期复合文明类型。而希腊－罗马文明又影响了日后的欧洲乃至整个世界。我在多年的旅途中，拣选出自己最喜欢的六个目的地，它们的现世文化都是多元而复杂的，但不难看出各自的文明底色，那些底色就像是文艺复兴时期的湿绘壁画——白色的基底能够为任何画面带来光亮之感，无论在上面敷设何种色彩。

我倾向于依照这样的顺序将六个目的地排列在一本书中，或者更确切地说，我倾向于依照这样的文明底色来谈论它们：意大利（古典文明与文艺复兴）、波兰（罗马天主教文明）、塞尔维亚（东正教文明）、英国（新教文明）、阿根廷（欧洲文明的"新世界"）、瑞士（"上帝死了"之后，以达达主义为代表的现代文明）。虽然每个目的地底色不同，但它们彼此之间绝非孤岛，而是互有影响或依傍——这才是最耐人寻味之处。1980年摘取诺贝尔文学奖的波兰诗人切斯瓦夫·米沃什曾经说道："许多欧洲国家的居民直到20世纪中叶才痛苦地意识到，复杂而

---

1. 编者注：本书希腊诸神译名，除特殊情况外，均采用希腊系统，依据为鲁刚《希腊罗马神话词典》（中国社会科学出版社，1984年）。

又晦涩难懂的哲学著作对他们的命运有着直接的影响。"但第二次世界大战之后几十年的全球历史已经证实，那些哲学著作根本无法与基本的文明类型相抗衡，"以那些美丽的普遍性理念的名义杀人"，不仅属于普遍人性的反面，而且毕竟属于柏拉图洞穴中的火烛之影。

  我沿着贯穿这些文明类型的脊线行走，那就是源自希腊时期的酒神精神。酒神即狄俄尼索斯，希腊戏剧便发端于祭祀狄俄尼索斯的公共庆典。狄俄尼索斯乃宙斯与情人塞墨勒之子，生于忒拜，母亲故去之后，由牧神潘的儿子塞勒诺斯在森林中抚育长大。依据先于基督教的古典世界的阐释，狄俄尼索斯是大地女神德墨忒耳的补充，他赐予了人类粮食作物之外的水果，尤其是葡萄，他不仅种植葡萄，还传播美酒——获取自葡萄的琼浆，他试图为人类带来无忧无虑的生活。狄俄尼索斯每到一处即建立城邦，宣扬温和的道德，唤醒艺术的热情，他因此而被尊为缪斯的朋友与先驱，在某种意义上，他也是人类文明的"栽培"者。希腊拥有众多以狄俄尼索斯为主题的节日，其中尤为重要的是在3月举办的大狄俄尼索斯节或城邦狄俄尼索斯节，活动的尾声便是大型戏剧演出，新近创作的悲剧和喜剧都会被搬上舞台。罗马人沿袭这一传统，只不过酒神的名字成了巴克斯，庆典活动更加突出纵欲狂欢的气质——费德里科·费里尼或丁度·巴拉斯的电影可以提供若干想象。

  希腊-罗马时代结束之后，酒神精神却取得更为广泛的领地，作为普遍存在的文化驱动力而继续前行。我试图追上酒神的步伐，从古典世界到现代社会，从旧大陆到新大陆，从乌托邦到异托邦，从绝对时间到相对时间，观察多种文化样式如何经由戏剧、艺术、文学、音乐和电影构建出值得依托的现实,那些更好的,可能的现实。这是我随身携带的一册速写簿,虽然线条潦草,但可视作狄俄尼索斯的六种侧影。

因为一再远行,本书的最终完成,离不开诸多友人的热情相助,在此一并致谢。其中,意大利葡萄酒专家叶文先生与我一起规划了前往古典世界与文艺复兴世界的线路,并提供了极为优美的意大利语人名与地名翻译;著名的旅行编辑方园女士帮助我策划并落实了前往波兰与阿根廷的行程;波兰旅游局的邢玳琪女士提供具体支持;波兰汉学家Michal Maj则试图完善那些拗口的译名;阿根廷驻上海总领事馆的Javier De Cicco先生与吴娴敏女士不仅提供签证支持,更赠送大量文学与旅行资料;塞尔维亚旅游局的李蔚女士与Aneta Uskokovic女士帮助我实现了巴尔干半岛之旅;我的多次英国之行也离不开英国旅游局钱岗先生与马倩倩女士、英国维珍航空公司邱婷婷女士与傅霜露女士、朗廷集团孙炎女士的支持;瑞士驻上海总领事馆的张慧颖女士与瑞士旅游局的高鹏莹女士更是长期合作伙伴,她们为我的多次瑞士之行提供支持,我曾在她们的帮助下出版一本德语区与意大利语区游记,而这次则是贯穿三座历史文化城市的达达主义百年之行。此外,更要感谢浙江文艺出版社的曹元勇先生的出版策划,以及胡远行先生与朱云雁女士的具体建议,辛晓钟先生则奋力从我崩溃的电脑中挽救出了这部书稿,而当我需要一个信达雅的英文书名的时候,美国诗人与翻译家顾爱玲(Eleanor Goodman)提供了一种最好的选择。也许这就是狄俄尼索斯的力量,将不愿成为孤岛的我们联结在一起。

国王酒庄

米兰

意大利饮食之诗

佛罗伦萨

大地女神的允诺

柏拉图的选择

狄俄尼索斯的剧场

罗马帝国后遗症

司汤达综合征

陶尔米纳

拉古萨 叙拉古

大地女神的允诺

"我只是上帝的仆人。"每日清晨播放《格里高利圣咏》的佩佩·巴罗内(Peppe Barone)淡然一笑。

他的办公室只有区区数平方米,却是整座酒店的情感母亲,隐秘存在的神圣哺育场所:我不知道那究竟是6点还是6点,我正梦着俗世,葡萄酒浸酣的俗世,他已敞开办公室的小门,启动电脑,接通音响,按下播放键——拉丁文的人声吟唱飘逸而出,仿佛超脱肃穆的一团薄云,涌入走廊,率性恣游,化作几道无伴奏的微风,分别拐向他处,或是直行,或是迂进,或是升腾,或是潜涌,各自上楼又下楼,紧贴石壁,遁入门隙,打量且盘踞一间又一间与佩佩·巴罗内的演播室同样局促的客房,抚弄更撩拨一只又一只轮廓虚张肤彩各异未及复苏的耳朵:醒一醒吧,"上天"未空,尼采不在,伽利略今天不来了。

圣咏悠荡，一如意大利母性的臂弯。撩拨虽是朴素节制，徐缓震动的耳鼓终究还是喝令眼皮睁开：看一看吧，紧抱马头的尼采究竟在还是不在。我跌出梦境，大吃一惊，眼前灰褐斑驳的壁画残片让我不知身在何处，仿佛坠入戏中有戏的另一桩梦境。直至我将视线剥离墙头，剥离壁画下方久已封存的石窗，缓缓移向不远处一线崭新的玻璃窄窗，以及窗下那一块因地制宜的短促搁板，我发现了一把钥匙，它的尾部坠有一只咖啡杯造型的饰物，仿佛一件旅游纪念品——噢，谢天谢地，我依然躺在花哨而琐屑的21世纪。

如果时光逆行400年，无论这间客房，还是佩佩·巴罗内的办公室，40处狭窄的室内空间都是卡布奇尼修会所属修道院的宿舍。卡布奇尼？这个名字如此耳熟。没错，我知道你想到了什么，就是它。前一天夜里，当我穿过整座盘旋而上的山城，落宿于悬崖边的此地，拉古萨古修院（Antico Convento di Ragusa），接过前台递来的这把钥匙，已经好奇地问起修会与咖啡之间的故事。我得到两个版本的回答：其一，正是卡布奇尼修会创造出卡布奇诺咖啡，蒸汽泡沫牛奶与特浓咖啡混搭的意大利经典饮品；其二，卡布奇诺咖啡并非由卡布奇尼修会创造，却因其颜色搭配酷肖卡布奇尼修士的造型而得名——深褐色外衣加覆一条头巾。

我被《格里高利圣咏》唤醒一小时后，结识了佩佩·巴罗内。他带着我上上下下，进进出出，四处拣选尼采或伽利略的影响微乎其微的场景。我们从镶嵌着1612年制造的厚重木门并铺设黑白相间的大理石方砖的修士图书馆，拐入曾经用来悬挂且风干修士尸骨的

如果时光逆行400年,这个房间是意大利西西里卡布奇尼修会所属修道院的僧侣宿舍。而今天,它转身成为被称作"拉古萨古修院"的一家酒店,依然由"上帝的仆人"谦卑地管理。

壁龛成排的地下室,而后回到彩色湿壁画映衬水果、奶酪、火腿与蛋糕的餐厅,以及簇拥大大小小三座教堂的鲜艳欲滴、浓翠高举的花园,乃至崖边那一处颇为隐蔽的俯瞰山间谷地的草地庭院……当我问起,他是不是这里的所有者或管理者,佩佩·巴罗内谦卑地道出本篇开头的言辞。这句饱含敬畏的话语,以及整个早上触目所见的一切,都使得坐拥卡布奇尼修会的拉古萨(Ragusa)——意大利西西里岛东南伊布拉（Ibla）地区的山间古城——仿佛依然停滞于17世纪的微风之中。

　　微风起于内心或是不远处的地中海。后者不仅是环绕西西里的地理存在，更是西方古典文明之摇篮。亚非欧三块大陆的影响在摇篮中交汇碰撞，迦太基人、希腊人和罗马人都曾借由这座好似地中海心脏的第一大岛，生发出令后世惊叹的高度文明形态；而中世纪的撒拉逊人和诺曼底人，乃至19世纪中期才从这里撤离的西班牙王朝，更使得西西里的语言、饮食、艺术、建筑与风俗呈现出一种社交网络式先堆砌后融合的状态。其结果，便是不同源流的文化样式不舍昼夜地彼此竞技，相与借鉴，一如出生于西西里没落贵族家庭的著名作家朱塞佩·托马西·迪·兰佩杜萨（Giuseppe Tomasi di Lampedusa）所说："我们承载优良和复合的文明的重担超过二十五个世纪。"然而，兰佩杜萨的名篇《豹》却是一曲挽歌，他认为1860年前后的意大利资产阶级革命结束了高贵的历史时代。可是，当我信步于这座古城，西西里人对于壮观华美体验的狂烈激情依然历历在目，比如山腰间那些久经日晒而褪变为夕光色的白石灰屋舍起伏有致的汪洋，比如汪洋托浮出一座远比山峰还要专横的巴洛克大教堂，比如大教堂左近露天餐桌上一支味道永远变化多端永远令人捉摸不透的白葡萄酒，比如酒后例行一杯视觉风格丝毫也不逊色于乔治·阿玛尼时装剪裁的卡布奇诺咖啡……

　　卡布奇诺与卡布奇尼的故事，无论哪一个版本，诉说的都是地中海乃至欧洲的生活方式与宗教之间的基本关系，亦即天地生养、

拉古萨是意大利西西里岛东南伊布拉地区的山间古城，因完整保留17世纪的历史风貌而著称。埃特纳火山的爆发曾经在历史上数度摧毁西西里东部地区，比如1669年的喷发以及1693年的地震使得将近5%的人口丧生。今时所见的拉古萨，便是300年前劫后余生、凤凰涅槃的产物。当地居民被独眼巨人冶炼厂的任性所震慑，只好将重建的屋舍安插于山岩之上，以为如此即可永葆平安，构筑出一座环绕山腰的云朵似的城市，所有人类的痕迹都像是云朵负载的雨滴——那些久经日晒而褪变为夕光色的白石灰屋舍，雨滴间古物众多，遗珠遍地，其中不乏联合国教科文组织颁定的世界文化遗产。

人类塑造的饮食如何成为一场普遍存在的与主流意识之间的互动。尼采尚未去神圣化地喊出"上帝死了"之时,在基督教的世界里,主食小麦被严厉地阐释为信仰的结果——"请赐予我们每日所需的面包";葡萄则被视为由诺亚这位据说活了950岁,"在当时的世代是个完全人"的人类代表首次种植,葡萄酒更在日后启发出圣杯制度……如果追溯得更早,直至基督教问世之前的古典世界,西西里出产的食物与希腊诸神的关系,简直就是好莱坞B级片情节的翻版——当然,其实它才是原版,无论悲剧还是喜剧。依据希腊诗人的描绘,古典的神灵与人性相去未远,大多并不完美,轻浮而放肆,集神圣、野蛮与恐怖为一体,他们彼此纠葛,相互憎恨,冤冤相报循环不休——前苏格拉底哲学家之一克塞诺芬尼甚至因此而对诗人表示不满:"荷马和赫西俄德把人间一切羞耻和不光彩的行为都给了神祇:盗窃、通奸、欺诈。"(甘阳译卡希尔著《人论》,上海译文)但克塞诺芬尼无法更改诗人写下的神谱,日后对诗人表达出更强烈的道德批判,甚至要将其逐出理想国的柏拉图也做不到这一点。在古典神话的言说体系中,人类向大地索取的收获,取决于神性的缺陷导致的下界命运的不确定性。荷马与赫西俄德的晚辈,另一位诗人,英国人威廉·莎士比亚——他也是不插电的早期B级片的编剧——远在拉古萨的巴洛克大教堂尚未竖起之时,借助《冬天的故事》中一位贵族角色之口,发送出推特文体的地中海风土与宗教状况考察报告:"气候宜人,空气甜美,岛上土地肥沃,神庙远胜人们对它的赞美。"这句台词虽然并非描述西西里,而是意指德尔菲（Delphi），但同样适用于皆为古典世界核心岛屿的西西里，只不过，西西里另有一份与众不同的土地史前传，那是莎士比亚的先辈笔下一个暗黑的故事。

对于寿限局促甚至朝生暮死的生灵来说，生存还是毁灭似乎非此即彼，但对于西西里来说，它却拥有足够的时间与空间展示辩证与循环。

　　希腊神话将西西里的富饶归功于大地女神得墨忒耳，岛屿中部的恩纳（Enna）便是其祭祀之地，公元前480年，一座以她的名义而建的神庙拔地而起。不过，"岛上土地肥沃"之前，得墨忒耳赐予西西里的，却曾是全面的枯萎，因为她与宙斯的女儿珀耳塞福涅遭遇到冥王哈迪斯的诱拐，并被携至地狱，而案发地点，就在恩纳左近，枯萎便是她的报复与诅咒。其实，在古典神祇的世界里，诱拐几乎是一个永恒的B级片主题，而且，珀耳塞福涅的父亲、得墨忒耳的丈夫、"众神之父"宙斯，更是此中高手，欧洲历史的黎明时刻即源自于他随心所欲的一次诱拐——当欧洲还是一块无名荒地的时候，腓尼基公主欧罗巴在如今的黎巴嫩南部海岸漫步，遇见了化身为白色公牛的宙斯，老司机毫不客气便将很傻很天真的公主越海快递至希腊克里特岛。那次性爱的成果堪称伟大，除了造就出克里特的霸主米诺斯,亦将亚洲文明的古老成果传播到爱琴海诸岛,而且在埃及文明与希腊文明之间编织出一种神秘联系,因为腓尼基属于埃及法老的势力范围。人类历史的格局因此而骤变,我们每个后来者都深受其塑造,罗马诗人奥维德不吝笔墨,捻出慢速度特写镜头的诗句,将力比多驱动的诱拐转喻为命中注定的爱情故事:

> 渐渐地她丢掉了恐惧,而他
> 敞出胸膛任她作处女的爱抚,
> 他的角上为她缠绕着花环,
> 直到这位公主敢于骑上他的脊背,
> 她抚摸着,不知道他是谁。
> 慢慢地,慢慢地走下宽阔干燥的海滩,
> 在这位伟大的神掀起的浅波中,
> 它那伪装的蹄子走得更远,
> 直到他带着捕获物深入开阔的大海。
> 她心里充满恐惧,当她回头注视
> 看着迅速远遁的沙滩,她的右手抓着
> 一只牛角,另一只手扶在他的背上,
> 她飘动的外衣被微风吹起……

可惜的是,得墨忒耳无法理解奥维德笔下的斯德哥尔摩综合征,她只是一位任性而无助的母亲,她的脑海中一遍又一遍设想可

埃特纳火山在历史上多次爆发,虽然摧毁砌筑,抹去生灵,可是毁灭万物的岩浆造就的火山泥,终究又会风化为种植蔬菜和水果的理想土壤,兑现大地女神的允诺。

怕的画面。鉴于冥王畏罪潜逃,深挖洞广积粮,得墨忒耳决定将刻舟求剑作为战略指导方针,锁定案发现场西西里,发动地毯式袭击,不惜使用大规模杀伤性化学武器。这位疯狂的母亲向西西里播撒了枯萎病,并借助一切沟通天地人神且不设围墙的社交软件反复喊话:除非女儿重新回到她的身旁,否则那里将永远荒芜。她的举

动,似乎是在启发亚里士多德写作《诗学》,尤其是论述悲剧功能一节:由对一定长度的人物动作的模仿所引起的怜悯与恐惧来达到的情感的陶冶。最终,冥王得到陶冶,某日翻身下床,喜新厌旧,觉今是而昨非,遂允许珀耳塞福涅重回故土,虽然仅仅是一年中从春天到秋天的几个月。得墨忒耳收起化学武器,却将一种疯狂换作另一种：允诺西西里成为地球上最肥沃的地方。

母性的情绪是波动的，波动的，剧烈波动的。尽管如此，大地女神自然不会食言，但她并不负责执行工作，而是将诺言的兑现交付阿佛洛狄忒的老公赫菲斯托斯，一瘸一拐且只有一只眼的赫菲斯托斯又将工程分包给自己私营的冶炼厂埃特纳（Etna）——他是火神，拥有特许执照。如此一来，得墨忒耳的允诺便成了一柄双刃剑。

几天之前，我从佛罗伦萨飞往西西里，抵达东海岸中部的卡塔尼亚（Catania）的时候，欧洲最高的活火山埃特纳正在不远处躁动不安，哈姆雷特一般向着天空吐送出阵阵犹疑于"生存还是毁灭"的浓烟。这座使维苏威——欧洲大陆唯一的活火山——相形见绌之物，正是执行"爱我西西里，肥沃西西里"工程的那座冶炼厂。我担心它随时爆发，西西里人则安之若素，能够站在奥维德重塑宙斯诱拐欧罗巴事件的理论高度，坦然面对并击掌相庆埃特纳的间歇性狂躁症。

生存还是毁灭？这是一个问题。然而所有二元论的问题都包含辩证与循环。对于寿限局促甚至朝生暮死的生灵来说，生存还是毁灭似乎非此即彼，但对于西西里来说，它却拥有足够的时间与空间展示辩证与循环。埃特纳火山在历史上多次爆发，虽然摧毁砌筑，抹去生灵，可是毁灭万物的岩浆造就的火山泥，终究又会风化为种植蔬菜和水果的理想土壤，兑现大地女神的允诺。早在公元前8世纪，远道而来的希腊殖民者就为火山泥的肥沃而疯狂。时迄今日，除了四处遍布的葡萄园和菜地，西西里的土地上还生长着无花果树、苹果树、李树、杏树、石榴树、甘蔗、甜瓜和黑莓，百里香、薰衣草、岩蔷薇、水仙、玫瑰、毛茛和金盏花则俯拾皆是。《冬天的故事》中贵族所言"空气甜美"绝非比喻，而是多种地中海植物混合散发的真实气味，太阳一晒，气味便被放大，成为西西里乡间空气的主调，"甜美"之于"空气"，一如诸神的喜怒无常之于史诗。在与拉古萨同属东南地区，依傍于伊布拉山脉的古菲酒庄（Gulfi），主人马窦·卡塔尼亚（Matteo Catania）引我走上露台，一面俯瞰采用拉丁式种植法的葡萄园与伊布拉圆橄榄林，一面建议我深深呼吸，细细品味何为侍酒师时常提及的"地中海芬芳"——值得一提的是，"古菲"这一命名恰恰来自两千多年前翻越山岭抵达此地的希腊殖民者。太阳底下，白色反光闪耀得几乎让人睁不开眼睛的石灰石土壤静静催生着枝头的充分果香，那是古典世界弥漫至今的气息，让人联想起阿里斯托芬在剧本《云》中镜头感十足的描述："你可以陪着一些纯洁的青年友伴到学园下的橄榄林间去竞走，你们头上戴着白芦的花冠，时间金银花、'逍遥花'和白柠檬的芳香；正当阔叶树和榆树私语时，你们好赏玩那春光。"类似的愉悦体验，从抵达西西里的第一夜即已开始，在卡塔尼亚左近的卡鲁巴（Carruba），依据百年前的一处宽大旧宅改建而成的设计酒店"查墟"（Zash），便仿佛是为印证《冬天的故事》而设的气味博物馆——新旧两座院落中，果园里的柑橘和柠檬成为了"甜美"的放大镜，仿佛月光也沾满果香，而创造生存与毁灭的辩证与循环关系的赫菲斯托斯的冶炼厂，则在我的客房窗外彻夜扮演疑似双子座的丹麦王子。

　　尚在佛罗伦萨之时，我听一位法国姑娘说起，某一回，她在西西里一座古希腊露天剧场观看演出，身为远景的埃特纳突然开始喷发浓烟，蔽日的湿云带火奔流——哈姆雷特不甘寂寞，一心要抢走舞台上下所有戏份，将天造地设的戏剧体验推向极致。我忘记了那究竟是一出什么戏，也许正是首演于公元前423年的《云》，阿里斯托芬嘲弄苏格拉底之作，后者在剧中声称"土地会用力吸去我们思想的精液"，"如果我不把我的心思悬在空中，不把我的轻巧思想混进这同样轻巧的空气里，我便不能正确地窥探这天空的物体"。也许埃特纳火山正想扮演修辞学教师苏格拉底本尊，或者至少也要扮演他那被空气转动的"轻巧思想"。这位不甘心充任布景的戏痴，它的一次又一次情绪失控与过火表演所导致的剧烈喷发及其引致的地震，曾在历史上数度摧毁西西里东部地区，比如1669年的喷发以及1693年的地震，使得将近5%的人口丧生。今时所见的拉古萨，便是300年前劫后余生、凤凰涅槃的产物，抢戏的演员使其遍体鳞伤，伤口长出的却是翅膀——当地居民深受独眼巨人冶炼厂的任性震慑，只好将重建的屋舍安插于山岩之上，以为如此即可永葆平安，构筑出一座环绕山腰的云朵似的城市，所有人类的痕迹都像是云朵负载的雨滴，雨滴间古物众多，遗珠遍地，随随便便溜达一圈就能碰上联合国教科文组织颁定的世界文化遗产。一天夜里，西西里的两位美食作家，吉拉丁·佩德罗蒂（Geraldine Pedrotti）和方济各·班索维奇奥（Francesco Pensovecchio），率我钻入一处雨滴中的岩洞,那是17世纪的马厩,凹凸不平的石壁上,拴马的铁环历历在目,但如今,它却摇身一变而成为唐·塞拉菲诺酒店(Locanda Don Serafino)的容身之地。米其林评价体系为这座上下3层,足以容纳60人,拥有意大利各大产区经典收藏的酒窖以及10间客房的餐饮设施,献上了两颗星。而在我身边的美食家眼里,它则是当仁不让的21世纪西西里最好的5家餐厅之一,拉古萨更被奉为西西里美食首府。我们在躲避地震的天然容器里喝了一杯迷人的起泡酒,时间开始起泡,但并未倒流,似乎亦不前行,西西里的所有过往年代,喜欢活生生地并置于今人身边的柱头、门楣与湿壁画上,它们仿佛早已洞悉爱因斯坦相对论的秘密,扮演着永生无死的不紧不慢陪你聊天的亲戚——或许正是出于这样的原因,西西里方言从未诞生将来时态。

柏拉图的选择

如果不是因为叙拉古（另译锡拉库萨，Siracusa）正处于战争状态，忙着与迦太基人争夺海上贸易霸权，也许柏拉图的事就成了——建起一个"理想国"，而且就在我们车窗外的这座城市。

6月初的一个上午，面朝伊奥尼亚海（Ionian Sea，地中海的一部分，位于意大利半岛、西西里岛与希腊之间）的西西里世界文化遗产城市叙拉古，一如既往地被高强度的光线刷洗如新，"那是一种可以使人以异乎寻常的精确、深刻的目光来看待事物的光线"——依照《欧洲史》作者诺曼·戴维斯的观点，荷马、柏拉图和阿基米德都是自身天赋与光合作用的共同产物。

生逢伯罗奔尼撒战争的柏拉图，将雅典战败归因于民主制，转而对集权主义的斯巴达产生兴趣，假设出一个基于"正义"的理想国。柏拉图曾西渡伊奥尼亚海，三赴叙拉古，希望以哲学和"正义"驯化君主。20世纪的英国哲学家伯特兰·罗素推测："柏拉图的理想国并不是我们今天认为的是一个幻想，当时柏拉图也许真的想要去实现它。他的许多规章制度是经过斯巴达验证过的，当时哲学家从政是完全可行的，毕达哥拉斯就是一个证明。当时殖民地非常自由，柏拉图及其追随者要是想去西班牙沿海地区建立起一个理想国是完全可行的。"

不过，柏拉图并未前往地中海西部的伊比利亚半岛，而是选择了古典文明摇篮中心地带的叙拉古——这座位处西西里岛东岸，埃特纳火山积雪的斜坡和帕其努姆角（Cape Pachynum）最南端之间的殖民商业城邦，由科林斯人始建于公元前734年，仅比罗马城年轻20岁。当我在2 300多年后驱车直入外岛，途经一面当街剥取海胆、一面展示古铜色肌肉的少年占据的港湾，直抵面向大海的灰白而耀眼的漫长城市入口，一瞬间便理解了柏拉图的选择。

"希腊人热爱大海。"而叙拉古仿佛是地中海赠予早期希腊殖民者的一份得天独厚的礼物：它既是大海的起点，又是大海的终点。叙拉古拥有被小半岛奥提尼亚分开的两处天然良港，西南为大港，东北为小港。它不仅充任着地中海东西部贸易的集散地，亦是意大利半岛与非洲之间最经常的物资补给站，那些进出往来的船只仿佛另一种化身的白色公牛，不经间走私着彼此的文化成果与审美意识。希腊讽刺悲剧，比如索福克勒斯的《安提戈涅》和欧里庇得斯的《美狄亚》，都将城邦喻作海船，而叙拉古无疑是一艘龙骨昂扬的舟楫。从公元前5世纪至公元前3世纪，它是尚未被征服的希腊文明的杰出代表，而且几乎是最后的代表——伯罗奔尼撒战争之后，雅典和斯巴达两败俱伤，叙拉古趁机战胜雅典，逐渐取得西西里与亚平宁半岛南部的领导权，成了整个希腊世界最强大的城邦。在渴望成为舵手的柏拉图到来之前，叙拉古的希腊人麦瑟库斯已于公元前5世纪编写出西方世界第一本食谱：《丢失的烹饪艺术》。由此可见这座城邦之赫拉克勒斯化。它就像宙斯与阿尔克墨涅的儿子那样热衷于胡吃海塞，却有本事将这一嗜好上升至感官审美之高度。尽管麦瑟库斯所推崇的饕餮生活方式与柏拉图的治国理念相悖——哲学家仅允许"理想国"居民食用不加佐料的烤肉,因为他需要打造一个战斗的民族,需要推广一种适合"战争生活中英雄们"的饮食习惯,而这份简陋的菜单由苏格拉底摘录自荷马史诗,适合风餐露宿,适合减轻辎重,而且操作简易,"只要找到火就行了","不必随身带许多坛坛罐罐"。与其相比,炖肉太麻烦,吃鱼又嫌刺多,总之不能婆婆妈妈,不能拖拖拉拉,不能沉溺于装逼成性而自以为性冷淡的"生活美学"——然而,叙拉古的文明程度却深深吸引了柏拉图,也许他笃信"理想国"不能在落后的城邦建成,所以才不去伊比利亚半岛的沿海地带,而是选择了热衷于"坛坛罐罐"的叙拉古一再死磕。可是,叙拉古的主人,大小狄奥尼西奥斯两任国王先后都拒绝了"建设一个新世界"的提案,拒绝被一心成为帝王师以济巨川的哲学家所虏获——为什么呢,请您告诉我,为什么要砸烂那个食不厌精脍不厌细的旧世界?大小狄奥尼西奥斯的拒绝不难理解,即便柏拉图可以将那些关于政治、军事与公民教育的治国计划纲要说得天花乱坠,但只要一扯到让叙拉古全民皆兵成为只吃烤肉还不许蘸酱汁的民族,恐怕就足以让两位君主暴跳如雷,尤其是作为蓝图的《理想国》居然借助苏格拉底之口公开指责"叙拉古的宴会和西西里的菜肴",说什么"混杂的饮食很像多音调多节奏的诗歌作品","复杂的音乐产生放纵;复杂的食品产生疾病",这对于醉生梦死——"幸福被看作一天吃两顿饭,晚上从不一个人睡觉"——的僭主制城邦来说,简直算是一场公开的

这座城市虽然不再是希腊人的所有西方殖民地中最大、最繁荣和最美丽的城邦——"最美丽"的评价，出自罗马执政官西塞罗之口——但叙拉古依然保持了蒸汽机发明之前的美丽骨骼，它始终是依据古典诗人而非"理想国"的意愿沟通人间与神界的地中海文明守卫者。也许应该感谢宁要炖肉不要烤肉的大小狄奥尼西奥斯，他们为后世的叙拉古留存下一具血肉丰盈的欲望之躯。此地的民居与街巷，依然是一座活生生的地中海文明博物馆。

诅咒，柏拉图的劝谏结果可想而知。

试图游说君主"托豪杰为舟楫"的创业计划失败之后，柏拉图批评大小狄奥尼西奥斯："不想生活在阳光下，只是想晒晒太阳。"而被批评者对于批评者的回应，则是干脆在阳光下将其贬为奴隶，险些致其丧命。柏拉图与虎谋皮的遭遇，成为后世的自由主义者讽喻乌托邦主义者的经典话柄——当20世纪的德国哲学家马丁·海德格尔背负着纳粹时期的负面印记重返教席之际，便不得不面对"君从叙拉古来？"之责问。

也许应该感谢宁要炖肉不要烤肉的大小狄奥尼西奥斯，他们为后世的叙拉古留存下一具血肉丰盈的欲望之躯。此地的民居与街巷，依然是一座活生生的地中海古代文明博物馆。古典时期的城市入口便是它的港湾，旧日的屋舍沿着港湾的曲线徐缓展开，仿佛一轴供人移步换景的漫长画卷。我自港口迂行片刻，眼中已缠满曲线：来自海浪，来自步道，来自屋檐下的涂饰，来自身着比基尼的小麦色维纳斯，叙拉古的维纳斯，一尊又一尊……当我随便拣一条巷弄钻入，途经无数精湛严谨的门楣、立柱、浮雕与塑像，以及无数散漫自在的阳台、遮板、窗帘与内衣，不多时，即已踱至超现实主义艺术家乔尔乔·德·契里柯画境一般的宏伟广场。希腊时期建造的阿波罗神庙与雅典娜神庙至今仍有迹可循，只不过巨大的石质构件融入了日后兴建的基督教堂。广场中心地带，由建筑师安德烈·帕尔马设计，1728年开始修建的白色山峰一般的巴洛克式大教堂，便吞咽了一座建于公元前5世纪的希腊神庙，四五层楼高的神庙希腊时期建造的阿波罗神庙与雅典娜神庙至今仍有迹可循,只不过巨大的石质构件融入了日后兴建的基督教堂。

立柱仿佛教堂消化不良的一部分，虽已列入侧壁，却在外墙清晰可辨，好似卡于贪吃蟒蛇颈部的一只牡鹿。

柏拉图或许见过那只尚未遇见蟒蛇的牡鹿，他或许曾在此驻足凝视，但他一定不大同意叙拉古对待古典神灵的方式。在《理想国》中，苏格拉底认为"决不该让年轻人听到诸神之间明争暗斗的事情"，因为他认为那些坏事不是真的。这也就是说，苏格拉底是一位修正主义者，他彻底否认了希腊神祇成为好莱坞B级片角色原型的可能性，而且，他还断定，"神既然是善者，它也就不会是一切事物的原因"，只能是好的事物的原因，所以"神在言行方面都是单一的、真实的"，"尽善尽美，只能永远停留在自己单一的既定形式之中"，"最不可能有许多形相"，根本就没有"诸神乔装来异乡，变形幻影访城邦"这样的戏法，神灵不是魔术师——苏格拉底手起刀落，切断了宙斯化作白色公牛诱拐欧罗巴的逻辑线索，叙拉古城中那一处时常被西方古典作家提及的阿瑞托萨喷泉，似乎也一下子成了宣扬怪力乱神的大毒草。

叙拉古的主人，大小狄奥尼西奥斯两任国王先后都拒绝了"建设一个新世界"的提案——为什么呢，请您告诉我，为什么要砸烂那个食不厌精脍不厌细的旧世界？

阿瑞托萨是希腊神话中的泉水女神，月神阿尔忒弥斯的随从，她年轻貌美，堪称人神共妒的超级明星，浮于水面即会引得鱼群环绕，翩翩起舞。有一次，河神见她沐浴，便化作人形追逐，阿尔忒弥斯立刻将她变为清泉送入地下，又使她从叙拉古喷射而出。毫无疑问，河神变换外貌的桥段完全有悖于苏格拉底"子不语怪力乱神"的主张，然而，可惜的是，整个地中海世界并不买账，似乎没有一个城邦愿意领取理想国的护照，自此口口相传洁版的古典神话。阿瑞托萨喷泉奔涌至今，目睹着叙拉古形相的变迁。这座城市虽然不再是希腊人的所有西方殖民地中最大、最繁荣和最美丽的城邦——"最美丽"的评价，出自罗马执政官西塞罗之口——但叙拉古依然保持了蒸汽机发明之前的美丽骨骼，它始终是依据古典诗人而非"理想国"的意愿沟通人间与神界的地中海文明守卫者。

当我回到海边，在遗存的旧城墙上眺望那些"只是想晒晒太阳"的周身涂满防晒油的维纳斯或阿瑞托萨，我所借用的视角，其实正是阿基米德当年眺望罗马敌军的视角。叙拉古希腊时期的城墙大多建于公元前5世纪至公元前4世纪，但在公元前3世纪发挥出最大功效，因为马克卢斯率领的罗马军团来了，这座城市遭遇一次漫长的围攻，那次围攻甚至成为西方古典文明的转折点。著有142卷罗马史的提图斯·李维写道，马克卢斯料想到了一切，除了一个人。那个人就是声称"给我一个支点，我将撬起地球"的数学家及发明家阿基米德，他是叙拉古之子。

阿基米德借助物理学原理而非苏格拉底或柏拉图的"正义"哲

学,设计出了暂时击退罗马人进攻的"支点":石弩和铁爪。前者类似于现代的大炮,但后者更令敌人不安,那几乎是神的武器,一种足以将进攻者捉出水面的起吊装置——"巨大的横梁突然从城墙上方伸出,就在船只的头顶,接着,它通过释放重物沉入海水。一些船只被铁爪和铁钩抓住,被吊至半空,又被狠狠摔入水中。另一些船则被这些器械弄得晕头转向,撞在陡峭的崖壁上……船上的战斗者损失惨重……常常是,一条船被提升到空中,四处乱转……直到其船员向各个方向被抛出去……"马克卢斯认识到对手的强大。"让我们停止与这位几何巨人的战斗,"他大喊道,"它在用我们的船从海里舀水。"罗马帝国时代的希腊作家普鲁塔克则评论道:"罗马人似乎在与众神作战。"

然而,石弩和铁爪终究无法抵御罗马人志在必得的征服决心。两年后,叙拉古城破,阿基米德被杀。叙拉古的陷落,于希腊人事哀,却成为两种文明融合的信号,一如宙斯掳掠欧罗巴,当中国开始修建抵御游牧民族进犯的万里长城的时候,地中海则孕育出一种共享的希腊-罗马文化:被征服的希腊把她那粗鲁的征服者变作被征服者,而罗马人成为第一个用从另一个文化核心继承来的遗产构建自身文明的民族。这种文化的合体最终统治了整个古典世界,并成为现代西方文明的柱石之一,与基督教传统比肩而立。无论是一次又一次基于种种蓝图的"我来了,我看见,我说出",还是蓝图扯毁之后亘古不变的"吃着,喝着,生殖着",柱石依然如故。

同样位于西西里东岸，位处墨西拿与卡塔尼亚之间的陶尔米纳，比叙拉古的历史还要早上一年。那里存有一处著名的"古代剧场"，足以与雅典卫城的阿迪库斯剧场相提并论。"古代剧场"由希腊人始建于公元前3世纪，罗马人占据西西里之后，又将其重筑并继续使用，后人遂以"古代剧场"名之，而非希腊剧场或罗马剧场。希腊戏剧起源于祭祀酒神狄俄尼索斯的公共庆典。狄俄尼索斯是大地女神德墨忒尔的补充，他赐予了人类粮食作物之外的水果，尤其是葡萄，他不仅种植葡萄，还传播美酒，试图为人类带来无忧无虑的生活。狄俄尼索斯每到一处即建立城邦，宣扬温和的道德，唤醒艺术的热情，他因此而尊为缪斯的朋友与先驱，在某种意义上，他也是人类文明的"栽培"者。希腊拥有众多以狄俄尼索斯为主题的节日，其中尤为重要的是在3月举办的大狄俄尼索斯节或城邦狄俄尼索斯节，活动的尾声便是大型戏剧演出，新近创作的悲剧和喜剧都会被搬上舞台。罗马人沿袭这一传统，只不过酒神的名字成了巴克斯。

狄俄尼索斯的剧场

同样位于西西里东岸,但基址偏北,位处墨西拿(Messina)与卡塔尼亚之间的陶尔米纳(另译塔奥明那,Taormina),比叙拉古的历史还要早上一年。修昔底德所著《伯罗奔尼撒战争史》第六卷第一章《雅典人在西西里的野心。西西里概况》如此记载:"最早到西西里来的希腊人是优卑亚的卡尔西斯人,其始创者是修克利斯,他们建立了那克索斯(公元前735年,其地址在塔奥明那,也即陶尔米纳),并建立了一个保护神阿波罗的神坛,这个神坛位于城外,凡是往希腊去参加赛会的人,从西西里启程的时候,首先在这个神坛前致祭。"

今日造访西西里的旅行者,如果读过18世纪的普鲁士人约翰·乔基姆·温克尔曼撰写的考古学著作,比如《希腊雕像绘画沉思录》、《古代艺术史》或《未经发表的古物》等,对于"柔和与明洁"的天空下,所有指向"高贵的单纯和静穆的伟大"的遗迹或场景格外怀有兴致,通常会首先向山城陶尔米纳"致祭",因为那里存有一处著名的"古代剧场"(Teatro Antico),在许多研究者眼中,它甚至足以与雅典卫城的阿迪库斯剧场(Teatro Atticus)相提并论。

"古代剧场"由希腊人始建于公元前3世纪,罗马人占据西西里之后,又将其重筑并继续使用,后人遂以"古代剧场"名之,而非希腊剧场或罗马剧场。陶尔米纳的"古代剧场"选址绝佳，它高踞崖端，光灿而陡峭，位处大地与天空接壤的边界。今日的观瞻者需在山腰下车，步行向上，途径棕榈、九重葛、马缨丹与金盏花掩映的古城方可抵达。主干道翁贝托一世街被希腊神话与本地传说的融合之物所覆盖，那是铺天盖地挨挨挤挤色彩斑斓的陶瓷装饰品，以三脚女神或"罗密欧与朱丽叶"式的爱情故事为题材。与坛坛罐罐花花朵朵比肩而立的，是众多餐厅、酒店、咖啡馆、冰淇淋店、时尚买手店与设计师品牌小店，它们倾向于将每一天都变成葡萄藤缠绕的庆典，所有游行皆由热情的消费践行。然而，一旦抵达山顶，市声褪去，气氛立即"单纯和静穆"。"古代剧场"脱胎于山岩的半圆型露天空间，背倚坡势，远眺奥德修斯曾经扬帆而来的伊奥尼亚海以及海岸内侧时不时烟尘滚滚的赫菲斯托斯的冶炼厂。山海之间，仿佛整个自然都在参与表演，无论是作为古典时期泛神的自然，基督教时期绝对唯一创造的自然，还是尼采之后祛魅的自然，它们始终都在那里，都是悲剧或喜剧的布景，远比变迁不息的人类心智更为恒久，镶嵌于来来去去的观瞻者视野之间。

古典时期，剧场之内亦有人工砌筑的实景，多是城邦环境的展示，寓意公共的善举与国家秩序之间的关系。"古代剧场"的长方形舞台后方，便有残存的砖壁与柱廊。多数柱头早已跌落，被后人陈设于低处。我凑近检索，发现了清晰可辨的科林斯式整株忍冬草形象。科林斯柱起源于希腊，盛行于罗马，可谓共享型希腊-罗马文明的典型标志之一。它被生活在公元前1世纪的罗马人维特鲁威，三脚女神的形象在陶尔米纳随处可见,成为民居墙壁的寻常装饰。就像人首兽身的陶尔米纳女神一样,她是一位本地化的女神,介入当下而毫无违和之感。

归纳为"第三种柱式"——前两种为凝重庄严的多立克柱式与秀逸纤巧的爱奥尼亚柱式——并记载于总结希腊、伊特鲁里亚和罗马早期营造经验的《建筑十书》之中。科林斯柱因伯罗奔尼撒半岛东北的城邦科林斯而得名,柏拉图钟情的叙拉古也由来自科林斯的殖民者所创建。作为科林斯柱标识之物的忍冬草柱头雕刻,据说与这样一个故事有关:一位科林斯少女临近婚期却抱病去世,她被埋葬之后,乳母将其生前最爱之物放入一只篮子,压覆瓦片,置于墓碑之上。第二年春天来临,被篮子压住的忍冬草根催吐出新的叶片,但无力顶翻瓦片,被迫生成涡卷的造型。《建筑十书》第四书第一节有言:一位杰出的雕刻家"偶然路过这座墓碑,发现了这只篮子和它边上茂密的叶子,对这新鲜的样式十分喜爱,就以它为原型在科林斯造了一些柱子,规定了它们的比例","从此开始,建筑中就多了一种科林斯式"。科林斯柱式在希腊时代并未完全定型,它的檐部和基座仍沿用爱奥尼亚柱式的细节,需要等到"伟大的建设者"罗马人统治地中海之后,才会最终将其完善,甚或将其与多种柱式组合使用,叠入大型公共建筑的顶层,乃至化身为罗马大斗兽场第四层的没有重量感的方壁柱,深雕浅刻,充满肉欲,被威廉·莎士比亚假正经的同胞亨利·沃顿爵士隔空痛斥:"装饰得像一个淫荡的婊子。"

深受温克尔曼影响的德国作家约翰·沃尔夫冈·冯·歌德——他曾经称"温克尔曼就像哥伦布,不仅发现了新世界,而且以预告未来鼓舞他人。人们读了他的书,并没有学到什么,但从此成为新的人"——曾在1789年写下的《意大利之旅》中，将陶尔米纳"古代剧场"的舞台背景称作"最伟大的艺术与自然的作品"。对温克尔曼或歌德而言，希腊古典风格不是一种形式惯例，而是一种值得珍视的品质达到巅峰的观念。希腊人对于剧场的设计，体现的正是温克尔曼所谓"通向普遍的美和对它加以理想塑造的道路"。"古代剧场"凿取于自然，沐浴于地中海温润的和风以及使人"以一种超乎寻常的精确、深刻的目光来看待事物"的光线之中，它是城邦这艘船上的公民民主政治的产物，而半环形阶梯式观众席的设计即是最好的明证——没有正厅，没有楼厅，没有包厢，没有边座，折扇式次第升高的席位半环绕且簇拥着舞台。活跃于20世纪初期的美国舞蹈家伊莎朵拉·邓肯，曾在1915年感叹："古希腊剧场不是为观众建造的，而是为艺术家建造的。""建筑师对剧作家说：'你希望在怎样的剧场里演出你的剧本？'剧作家回答说：'要这样的剧场：大量的观众能在里面同时看、听和感受，他们的地位是平等的，产生的情绪也是相同的。'""建筑师对舞蹈家说：'你需要怎样的剧场？'舞蹈家展开双臂抱成一个大圆圈，回答说：'要这样一种剧场：能使我把观众统统环抱在怀里，所有坐在里面的人都可以机会均等地看清楚表演，都能领悟每一个动作的含义。'""建筑师又问演员：'你需要怎样的剧场？'演员回答说：'要这样的剧场：在里面我发出的每一个声音都能以它的声波自然地传播开去，数不清的观众在我面前谁也不觉得比谁优先，都能听清楚我的声音而且为之而感动；在这样的剧场里，我的激情可

（左）陶尔米纳城中还藏有一座不为人知的小型希腊剧场，却像是民居之间的一处天井。
（中）"古代剧场"的长方形舞台后方，有残存的砖壁与柱廊。
（右）这座风格混杂的建筑身后就是小型希腊剧场。

以从一个人身上传递到另一个人身上,感情的波涛可以到处翻滚,到处激荡,它从我心中涌向观众,又从观众心中流回我心中。'"于是,将自然与创造充沛结合,尽力催生出一种理想化的"完善的美"的希腊剧场诞生了。它是"完全民主的","因为艺术家就像宗教的祭司,凡拜倒在伟大艺术面前的人,都是一律平等的"。

我登临"古代剧场"之时，红色罂粟花正像火苗一样钻出观众座椅下方的石缝，这是珀耳塞福涅重返故土的第二个季节，红色地火正蔓延于西西里各地。她们就像是欧里庇得斯的悲剧《酒神女祭司》中由合唱队扮演的酒神狄俄尼索斯，点燃了人类集体记忆深处的浓烈情绪。

  我登临"古代剧场"之时，红色罂粟花正像火苗一样钻出观众座椅下方的石缝，这是珀耳塞福涅重返故土的第二个季节，红色地火正蔓延于西西里各地。她们就像是欧里庇得斯的悲剧《酒神女祭司》中由合唱队扮演的酒神狄俄尼索斯，点燃了人类集体记忆深处的浓烈情绪，"完善的美"并非现实的美，而是出于一种理想的比例。

  除了"古代剧场"，陶尔米纳城中还藏有一座不为人知的小型希腊剧场。一位当地人如此告知我，并带我钻入街巷。当我从一处毫不起眼的窄小入口，下行至一个天井似的所在，明白了她指的"不为人知"只是不为游客所知，因为这座剧场早已成为当地日常生活的一部分，不仅被坡上的民居包围，石头台阶的角落间还积蓄着垃圾与尿骚的气息。可以想见,一旦夜幕降临,这里将会是年轻人的恋爱动作片上演的重要场所,当年阿里斯托芬的《马蜂》嗡鸣的舞台左近,如今只剩下活生生的荷尔蒙肥皂剧。

小剧场斜对面,伫立一座博物馆式小型基督教堂,内部陈列大木偶等本地民俗文物,外部立面则保留阿拉伯人的痕迹——好似皱着眉头的弧形窗户线条。而在陶尔米纳大教堂,正门上方是典型的文艺复兴风格玫瑰花窗,天花板的雕刻却又是哥特风格混合阿拉伯元素。我在一片时间的混乱中等待陶尔米纳市长的到来。他上午托人带话,听说来了几个中国人,很想见上一面。我们将地点约在全景主广场——4月9日广场旁边的市政厅。然而,市长好像在基督教与伊斯兰教的时差中迷了路,甚至坠入了众神起伏的古典时间,坠入了《马蜂》的情节,化身为被斐狄庇得斯囚禁的斯瑞西阿得斯,直到两小时之后,他才钻出舞台下方的水沟,衣着随便地出现在议会大厅之中。我们站在人首兽身的陶尔米纳女神像下拍摄合影,市长的笑容真挚而灿烂,此情此景,即便插入电影《教父》亦毫无违和之感,而后者的外景地正是萨沃卡(Savoca),不远处的一座古镇。

另一日,我们决定与狄俄尼索斯的恩赐走得更近。汽车绕着葡萄园,盘旋至埃特纳火山的腰际。如果说狄俄尼索斯种下的葡萄天然承载着快乐之美的痕迹,人类的劳作——酿酒,则是借由心智的创造,顺从自然的节奏,放大并强调那些文明之美的痕迹。

西西里既是欧洲最古老的葡萄酒产区,亦可谓最新兴的产区,古典世界的希腊人为这里带来了栽培葡萄以及酿酒的传统(他们甚

人首兽身的陶尔米纳女神浮雕像,位于全景主广场——4月9日广场旁边的市政厅入口处。类似的形象也出现在议会大厅之中的壁画、挂毯与旗帜上。

至凭借以埃特纳火山之雪冷却酒的方式,创造出早期的冰淇淋),但这片存有欧洲最古老葡萄品种的土地(因为海拔较高,火山上的纯种葡萄躲过了19世纪末期摧毁欧洲大部分葡萄园的根瘤芽之劫),真正成为国际公认的不亚于法国勃艮第的顶级产区,却不过是近二三十年的事。西西里葡萄酒产量巨大,几乎与整个澳大利亚相等,其持续三个半月的漫长采摘期收尾于埃特纳火山,这里的葡萄因晚熟而在酒体中表现出特别的优雅度。

"你知道吗,奥德修斯造访过这里,"圣灵农庄(Palmento Santo Spirito)的女主人瓦莱里娅·阿葛斯塔(Valeria Agosta)

对我说，"以荷马史诗为证。"在意大利，尤其是西西里，谈论饮食即谈论文化，而且多是古典世界的文化。我很后悔没有随身携带作为落日的史诗。邂逅这位坚持拉丁式种植法的迟暮美人之前，我只知道西西里东北部，与亚平宁半岛隔海相望的墨西拿峡湾（Stretto di Messina），曾经惹怒过那位身不由己的旅行者，而他留在家乡的妻子珀涅罗珀终日被虚情假意的求婚者纠缠。关于埃特纳火山，我也只知道它是恩培多克勒的人生终点，那位西西里岛上的希腊殖民地阿克拉加斯的公民，前苏格拉底哲学家之一，为了检验灵魂的再生能力，途经尚未种满葡萄的此地时，一跃而入赫菲斯托斯的冶炼厂。恩培多克勒的实验并不算成功，火山口只吐送回一只凉鞋，那并不是灵魂再生的形状。不过，不管怎么说，这都不是一个笑话，如果借用苏格拉底的学生柏拉图的洞穴神话比拟，这位解开锁链的囚徒无非是在展开一场"陡峭而崎岖的攀登"，他试图穿过火光与洞口之间的隧道，走向阳光下可见可知的外部世界。正是那位恩培多克勒，他的若干观点深深地影响了亚里士多德，比如"地球由火、土、空气和水四种元素组成，这些元素经常在爱欲冲突的矛盾张力下融合与分裂"的观点，比如"心脏是血管系统的中心，所以也是生命的中枢"的观点……那些观点经由柏拉图的学生亚里士多德的整理与转译，也深深地影响了两千年后围坐在同一张餐桌旁的我们——当我们就着狄俄尼索斯所赐的美酒，无数次提及"爱"与"心"，间或涉及"雄心"、"心碎"或"无心作为"的时候，我们知道，精于游历的希腊人不仅种下了葡萄，也种下了见证世界的言语方式。

　　瓦莱里娅·阿葛斯塔青睐的拉丁式种植法，由希腊人引入，罗马人继承，是手工作业时代的产物。它与今日流行于新旧世界的适合机械化维护的法国式联排种植法不同，拉丁式种植法虽然可以使葡萄植株从四面享受光照、通风与精心维护，但人力成本极高，而产量却不高。不过，在西西里，许多酒庄坚持这种栽培方式，尽管每株葡萄藤每年的最终出产，常常不会超过酿制一瓶葡萄酒所需的果实，远远低于法国乃至新世界的平均产量。古菲酒庄的农学家告诉我，他们之所以坚持这么做，一方面是为了让每一株葡萄得到更好的优生优育，从而提高葡萄酒的品质，另一方面也是为了避免过分榨取土地，从而使土地与种植保持一种越来越好的关系。这里的土地世代相传，土地的主人考虑的不是必须迅速盈利的创业项目，也不是租约仅为二三十年的速生经济，他们关心的，是如何使土地在百年之后仍无愧于大地女神的允诺之物，仍可以保持极佳的作物出产。从某种意义上来说，有什么样的土地制度，就有什么样的食物。在这一点上，说着没有将来时态的方言的西西里人，却是食物的将来时态的称职守护者。本地的年轻土地持有者，并不像法国的一些酒庄继承人那样，急于将手里的葡萄园出售以换取大都会的生活，他们依然像牡蛎依恋礁石一样依恋自己的土地。而且，这种状况并不局限于西西里，托斯卡纳爱唯侬堡酒庄（Avignonesi）的男主人马克西米利安（Maximiliano de Zarobe）就曾告诉我，血管里流淌着"土地欲望"的意大利年轻人，从大城市赚到钱之后，更愿意回到乡村购买一块土地,因为那才意味着真正的生活。

当我向圣灵农庄的农学家请教:如何防范埃特纳山区常见的冰雹袭击?那位穿着时髦,发型奔涌,配戴设计师品牌眼镜的专业人士,骤然停下"如何通过高密度种植形成生物竞争关系,从而降低产量,将代表地方特质的风味集中保持在少量葡萄中"的夸夸其谈,冷静地告诉我:祈祷,除此之外,别无他法。

山海之间,仿佛整个自然都在参与表演,无论是作为古典时期泛神的自然,基督教时期绝对唯一创造的自然,还是尼采之后祛魅的自然,都是悲剧或喜剧的布景,远比变迁不息的人类心智更为恒久。

他的回答让我想起佩佩·巴罗内那句轻描淡写的"我只是上帝的仆人"。但农学家的祈祷显然并非完全出于宗教的虔诚,而是更多源自于对天地这座剧场的敬畏——人是有限的,人的表演更是有限的。古菲酒庄的主人马窦·卡塔尼亚说过,如果随心所欲使用灌溉系统和化学肥料,几乎任何土地都能种植葡萄,但那不属于可持续性的农业,因为土地很快就会遭到毁坏——大自然早已做出了选择,哪块土地适合种植葡萄,哪块不适合,希腊人是最早的试错者,他们到处种植葡萄,然后接受大地女神的选择。

"罗马人钟情土地。"早在地中海文明初期,肥沃的拉丁平原已经培养出罗马人定居的习惯和技能,塑造出一个以地为本的社会。今日的托斯卡纳,许多农场依然主要种植小麦——这种起源于中东新月沃土的谷物,自罗马时期就开始驯化亚平宁半岛。

罗马帝国后遗症

800年前,热衷于农耕的米兰人遇到了一件棘手事:伦巴第的土地由于被过度开垦——当人类安然度过第一个千禧年,关于世界末日的预言并未兑现,似乎已经走出"黑暗时代"之中最黑暗时刻的欧洲人对于现世的兴趣重新被激活——或将面临缺水的窘境，大自然并未因基督教"强调人类超越其他造物，享有至高无上的地位"，而且作为上帝人间代理的教皇身处同一半岛，便为那里众多的农场设计出充分的天然灌溉系统。

"罗马人钟情土地。"早在地中海文明初期，肥沃的拉丁平原已经培养出罗马人定居的习惯和技能，塑造出一个以地为本的社会。根深蒂固的"土地欲望"不仅催生出亚欧大陆西部第一种人工居住形式——乡村，更是奠定了"农耕"（cultus）与"文化"（culture）之间的亲缘关系：今日英文之culture、德文之kultur，皆来源于拉丁文cultura，意谓耕作、培养、教育、发展、尊重，而cultura则由cultus演化而来，包含了"为敬神而耕作"以及"为生计而耕作"双重涵义。

伦巴第的农场主要种植小麦。这种起源于中东新月沃土的谷物，自罗马时期开始驯化亚平宁半岛——虽然从耕种者的角度来看，似乎应该是人类驯化小麦，但真相可能恰恰相反。唯有依附者被驯化，罗马人及其身后的欧洲人深深依附于小麦，伦巴第的农场缺水，便是这种依附关系的明证。亚平宁半岛居民渴求越来越多的小麦，以维持像面团一样持续发酵的欲望，从这一角度来看，正是小麦驯化、塑造甚至奴役着宙斯诱拐欧罗巴所开辟的疆土。被奴役者不得不绞尽脑汁寻觅突围窘境的方式——人类历史上诸多文化跃升，即来自于突围的智识。

虽然"每日所需的面包"被绝对唯一的代理机构阐释为虔诚信

仰的结果，但是米兰人觉得，除了低下头去，动手画画十字，还应该做点别的什么，以便能够继续享用罗马人泽被后世的遗产——古代异教神祇德墨忒尔赐予他们的花样繁多的面包、蛋糕和水果挞。于是，米兰人动手开凿出一条整理水源的运河，就像同一时代的神学家托马斯·阿奎那调和亚里士多德哲学与基督教精神那样，试图在人类理性与自然造物之间调和出一种新的现实。运河连接提挈诺河，穿越农场，绕过群山，直至米兰城内，为麦芒摇曳的田地注入一片人工的生机。这条运河于1269年得以拓宽，以利通航，遂有"大运河"之称，与米兰护城河相与沟通，后者亦被加宽加深，成为"内河"。"大运河"不仅解决了伦巴第农场土地的饥渴问题，更是安然送来构筑米兰大教堂的石材，以及莎士比亚戏剧《维罗纳二绅士》中四处游荡的贵族子弟，它就像大地女神允诺西西里那样，允诺这处曾经被伦巴第人——迁入意大利的蛮族中最后一个部落集团——夷为平地，几乎没有保留任何古代印迹的内陆城市，借由沟通地中海的运河走廊，跻身于新兴的海运城市；允诺水面上物质与观念的川流不息逐步推动米兰转型，乃至终成一座疯狂向古代致敬的希腊-罗马化文艺复兴城市。

除了"大运河"与"内河"，米兰人又掘通一条"马提萨那运河"，沟通阿达河与波河，运河中一处能令水面暂时拓宽以容纳大型船只的水门，被称作"王冠门"，由"意大利文艺复兴三杰"之一、"完整的人"列奥纳多·达·芬奇设计，至今仍被使用。"水发现自己在骄傲的海里——它正得其所的地方——时，产生了上升到空气之上的愿望；它靠着火这个元素化作稀薄的水汽上升之后，仿佛是与空气一样稀薄了；它从天空降下来，于是被干渴的大地吸光，很长时期内就被囚禁在那里，为自己的罪恶苦修。"这一原罪视角的洞见出自达·芬奇的笔记，他为自我膨胀的水添出另一"苦修之地"。米兰城中，文艺复兴时期的女修道院圣玛利亚感恩教堂餐厅里的壁画《最后的晚餐》，同样由达·芬奇绘制于1495至1497年，画面捕捉到耶稣知会他的门徒自己即将被出卖的那一瞬间，长条餐桌上零零散散摆放着小麦的馈赠。那幅壁画并未最终定稿，因为达·芬奇断定自己并不具备完成刻画耶稣形象的资格，艺术家承认自己的有限性，但他却又试图跳脱出有限性——从受造物似乎完全可控的技术层面——他放弃了在湿石膏上绘制的传统方式，转而独辟蹊径，将画面刻于干墙之上。结果实验失败，颜料剥落严重，日后的修复工作亦极为困难，西方文明最重要的视觉图像之一被囚禁在自己的"苦修之地"。

2015年，当我坐在米兰世博会园区内的一家餐厅中，享用来自不同产区的性情迥异的葡萄酒，以及文艺复兴式追慕高远的黄昏之时，米兰运河系统中的一条河道活生生地铺陈于眼前，成为反射天光与历史的镜面。"农耕"推动了"文明"的多米诺骨牌，但工业革命之后的"文明"，似乎因为对于受造物有限性的不断突破，已与农耕传统充满"矛盾"，而这，也正是米兰世博会渴望探讨的话题。

"给养地球：生命的能源。""土地欲望"塑造的世博会策划者对于社会达尔文主义式的口号不感兴趣，面对数千年来"文明"发展的结果,他们更愿意回到人类社会必须面对的基本问题。于是,第一次以食物为主题的世博会出现在欧洲食物的地中海故乡——罗马人的烹饪法由希腊人的明智传统演变而来,但赋予其狂欢式的饕餮属性,并启发了日后的法国大餐。米兰世博会的反思在于,强调人类超越其他造物的逻辑,无论基督教的还是社会达尔文主义的,虽然在历史上支持了伦巴第运河系统式的突围,但启蒙运动之后却伴随着人类所热衷的"开发利用",伴随着蒸汽机的鸣响,一步一步走向生存伦理的反面——起初是粗暴对待可再生的动植物资源,继而毫无节制地消耗不可再生资源,尤其是煤炭和石油;而人类对于煤炭和石油的过度依赖,已经使其反过来奴役整个人类社会,这几乎是一种古典神话式的报复法则。工业革命提高了人类制造大规模生态创伤的能力,而激增的人口以及若干乌托邦制度的现代实践,则激发出土地使用者的诸多短视行为,不仅损伤了食物的源头,也使得人类与土地的关系走向恶性循环的境地,甚至会引发一场无法避免的生态危机——德墨忒尔或将播撒一场以繁荣为假象的枯萎病。

　　米兰世博会设置若干主题性展示群落,比如"小麦"、"稻米"、"咖啡"、"巧克力"等。虽然食物品种的地理分布,在历史上是自然选择的结果,但现代社会的选择机制更依赖于全球化分工,依赖于国家与区域性国际组织的合作。在这样的背景下,大型跨国企业无疑在组织食物的生产与消费领域拥有更大的话语权,既掌握价格优势,亦控制推广渠道,进而刺激食物的大规模生产。我平日所食之物多是如此,抛开营养与转基因之类的问题不谈,单单味觉设定即愈来愈趋向于标准化,久而久之味同嚼蜡,食肉而三月不知肉味。意大利饮食产品的主流生产方式却与此不同,这是一个依托于家族农场及其附属企业的国家,多数生产者的作坊或工厂规模不大,在产量与质量的天平上,他们更愿意不惜成本为后者增加砝码。也许不厌其烦精工细作的传统,源于罗马人保存食物的习

皮埃蒙特山区的传统农具。"土地欲望"塑造的意大利乡村对于社会达尔文主义式的口号不感兴趣,2015年米兰世博会则以"给养地球:生命的能源"为主题,探讨工业革命之后两种文明之间的矛盾。

惯——在冰箱发明之前的炎热天气里，为了掩盖不那么新鲜的味道，并冲淡腌制食品的咸味，他们在鱼、肉和野味中加入蜂蜜、甜葡萄酒、干果和醋，更以大量麝香、琥珀、胡椒、芫荽和芸香调味。但在厨房早已接通电源的今天，搜罗身边一切可能的办法以放大或强化食物之中美的痕迹，则属不折不扣的艺术创造。艺术创造尊重个性，视标准化如敝履，艺术作品与创造者的性格、情感、经历、文化偏好等因素息息相关，与地方风土息息相关，与狄俄尼索斯精神息息相关。对于意大利人而言，"意大利饮食"这一标签并无意义，他们会说，根本没有什么"意大利饮食"，只有西西里饮食、撒丁饮食、伦巴第饮食、热那亚饮食、皮埃蒙特饮食、罗马涅饮食、托斯卡纳饮食、翁布里亚饮食、那不勒斯饮食……您所指的究竟是哪一种？

意大利饮食的多样性，实际上是罗马帝国崩溃之后，亚平宁半岛长期分裂的结果——朱塞佩·托马西·迪·兰佩杜萨并不看好的那一场革命，迟至1861年才重新建立起统一整个意大利的王国。然而政治的重整旗鼓并未促成饮食方式的统一，各大区域依旧各行其是，各自留存特立独行的烹饪传统，诸多优质食材与产品依旧囿于一地。一心打造意大利整体性饮食平台的Eataly集团，在米兰世博会园区设置20家餐厅，每一餐厅展示一个大区的地方食材与烹饪艺术，而且还开出一座临时博物馆，供人在品味美食之余亦可品味来自20个大区的私人艺术收藏。Eataly的策划者希望借助此举，既表现出对于文化多样性的敬重，又可为罗马帝国后遗症——彼此割裂的地方主义——提供一份初步的解决方案。条条大路通罗马——罗马帝国的道路系统能够使军队迅速抵达疆域内部的任何区域,却从不过分干涉被征服地区的文化与习惯,正是这样的系统,构建出罗马帝国本身。Eataly集团的工作有类于此,Taste Italy!也在从事差不多的计划——将意大利最好的地方性饮食品牌连缀为体系,以一种结构清晰的面貌,推荐给大西洋及太平洋两岸的市场。也许不久之后,20世纪初《伦敦美食指南》的作者纽纳姆·戴维斯中校描述的那种情境将很难再现——"意大利绅士在国外旅行时从来不吃色拉,因为他那习惯了最上等的油的味觉,忍受不了那种只配用来润滑机器的液体。"

对于意大利人而言,"意大利饮食"这一标签并无意义,他们会说,根本没有什么"意大利饮食",只有西西里饮食、撒丁饮食、伦巴弟饮食、热那亚饮食、皮埃蒙特饮食、罗马涅饮食、托斯卡纳饮食、翁布里亚饮食、那不勒斯饮食……您所指的究竟是哪一种?

尽管许多新兴市场依然对于地方主义浓烈的意大利饮食品牌缺乏足够的了解,但在消费者审美品味相对成熟的市场中,意大利的出产早已展现出其品质及性价比的双重优势。比如在美国葡萄酒市场,拥有593种酿酒葡萄的意大利早已超过仅仅拥有十余种酿酒葡萄的法国,拔得全球销售头筹,这不仅是"小而美"的胜利,更是美的多样性的胜利。

葡萄酒可谓饮食之诗,诗的任务不是填饱肚子,而是展现想象力与可能性。葡萄酒虽然曾被基督教体制化,但早在耶稣走上十字架之前,古典世界已向其致敬。意大利人至今仍在使用葡萄酒的拉丁名称vino,源自梵文vena——维纳斯的名字同样典出于此——意谓"珍爱"。从希腊酒神狄俄尼索斯到罗马酒神巴克斯,再到与歌德一样深受温克尔曼影响的尼采对于酒神精神的呼唤,不难看出这一饮食之诗对于西方文明的结构性力量,那是与理性精神同等重要的非理性精神的力量,缪斯的力量,深受技术主义奴役的现代社会之重塑亦有赖于此。

我走进米兰世博会的意大利葡萄酒展馆,一如跨入名为"珍爱"的史诗。若干古典世界的湿绘壁画被复制,并与现代影像艺术相融合。有些格言也以仿制湿绘壁画的形式呈现,比如达·芬奇的"幸福不过生来就有好酒相伴",费里尼的"一瓶好酒就如一部好电影",以及波维奥的"水将人分隔开,而葡萄酒将人聚拢"……鉴于葡萄酒的诗性并非言语所能道尽,展馆二层便是品鉴体验专区,参观者购票之后即可领取一只酒杯,凭票面条纹码任意刷取三杯佳酿品鉴——来自各大产区的"诗句"嵌入白色墙壁中的玻璃酒柜,一如指向舌尖上的罗马的条条液态通衢,人们徘徊于自助式机器面前,艰难地抉择着,生怕错过任何更适合自己的狂热、激情的辉光。

现代意大利开国之君维克托·伊曼纽尔二世,以及他最爱的情妇的画像。如今名为冷泉的酒庄便是他们曾经的爱情信物。"大多数时候,他们坐着睡觉。"因为皮埃蒙特的美食让国王与情妇无法停止饕餮,几乎每个晚上都难以消化,为了稍微舒服一点,只好如此入眠。

司汤达综合征

"大多数时候,他们坐着睡觉。"

我站在现代意大利开国之君维克托·伊曼纽尔二世的卧室里,望着两张单人床发呆,一张属于国王,一张属于国王最爱的情

这里就是曾经属于现代意大利开国之君维克托·伊曼纽尔二世的酒庄,位于国土北部皮埃蒙特地区的塞拉伦佳阿尔巴。当地出产意大利最好的红葡萄酒之一巴罗洛,据说每十瓶巴罗洛便有一瓶来自这里。

妇——单人床并不奢华,甚至略嫌窄小,然而,单人床所属的卧室,卧室所属的宅邸,以及宅邸所属的庄园,都曾经作为爱情的信物而存在。当你亲眼见过国王情妇的画像之后,即会明白这份信物的奢华何在,更会同意爱情不过就是柏拉图洞穴理论中那些囚徒所见的伴随火烛摇曳的投影。

不过,我之所以发呆,困惑却不在于此。我身边一位意大利姑娘读懂了我的困惑,或许这是外国参观者的脸上普遍浮现的困惑——人们的视线很容易聚焦于床头的靠枕,它们挤占了太多平躺所需的空间。"皮埃蒙特的美食让国王与情妇无法停止饕餮,几乎每个晚上都难以消化,为了稍微舒服一点,只好如此入眠。"齐亚拉·德斯特法妮斯(Chiara Destefanis)解释道。这位姑娘就职于此,曾经的爱情信物如今名为冷泉酒庄(Fontanafredda),出产意大利最好的红葡萄酒之一巴罗洛(Barolo),据说每十瓶巴罗洛便有一瓶来自这块丘陵起伏的土地——意大利北部皮埃蒙特地区的塞拉伦佳阿尔巴(Serralunga d'Alba)。

我对于齐亚拉的说法将信将疑,难以想象堂堂一国之君总像是窝在经济舱里那样睡觉。仿佛为了证实自己所言不虚,齐亚拉又带我遁入宅邸之下的巨大迷宫,她就像是克里特岛的阿里阿德涅,一路引我观瞻欧洲最长的地下酒窖。我遇见了一些城堡似的国王级酒桶,它们的尺寸顿时令米兰世博会那几只引以为傲的橡木大桶相形见绌。如果叙拉古的大小狄奥尼西奥斯能够活到19世纪,想必也会羡慕这位1861年之前的撒丁岛的皮埃蒙特国王、1861年之后的意大利国王的美酒储备。不过,让我不解的是,尽管维克托·伊曼纽尔二世的食量、酒窖与历史功绩均如此显赫——当他于1870年实现意大利再度统一的时候,这个靴子形状的半岛及其附属岛屿已经在罗马帝国崩溃之后分裂了一千多年——可是在情欲方面,却似乎碌碌无为,不仅远远逊色于他那位享誉18世纪欧洲的同胞贾科莫·卡萨诺瓦,而且即便有所企图,亦会选择钻入地下,偷偷摸摸地行事。齐亚拉指着一线狭窄而潮湿的台阶——它紧贴石壁继续下行,使我联想起德意志第三帝国时期修筑的若干隐蔽通道——她眨一眨眼睛,对我说,这就是国王为了幽会其他情人而秘密挖掘的欲望之路。

我难以设想那是怎样的一种乐趣，也许洞悉所有人都是病人的西格蒙德·弗洛伊德会有得体的解释。不过，当天晚上，在酒庄附设的米其林餐厅"贵多"（Guido），我却相信了齐亚拉的卧室理论。当我举起刀叉，开始品尝一道又一道现场烹制的当地菜肴，几乎体验到了一种唇舌之间的司汤达综合征，那些食材仿佛密集陈设的艺术品，我的味蕾一如游客，野心勃勃地闯荡其间，恨不能遍扫人间珍馐，猛烈的美的撞击接踵而至，几乎令我激动的心灵不堪重负，但我又无法停止饕餮。1817年的一天，刚刚走出佛罗伦萨圣十字教堂大门的法国作家司汤达，感到头脑纷乱，心脏颤动。这座世界上最大的圣方济各教堂不仅是米开朗琪罗、伽利略、马基雅维利等276位意大利伟人的长眠之地，而且藏有包括多纳泰罗的金色浮雕《圣母领报》、乔托的湿绘壁画《圣方济各的一生》在内的诸多文艺复兴时期的艺术珍品，其回廊与巴齐礼拜堂均由布鲁内莱斯基设计，而阿诺尔夫·迪坎比奥创造的精准建筑结构则成为日后欧洲天主教堂的蓝本，"这生动的一切如此吸引着我的灵魂，把活力从我的身体中吸走，我一边走着一边担心会倒下去"。司汤达综合征由此而来，成为频繁发作于意大利艺术游客之间的精神急症。而皮埃蒙特的餐桌，似乎也是一座陈设过度之美的教堂。我的身上虽然并未出现因强悍的感官冲击而导致的系列症状：从恶心、眩晕、暂时恐慌到间歇性发作的疯癫。但在宴饮结束之后，我还是去月光下的葡萄园里走了许久，以便将动荡不已的心情平抚下来，当然，我也不想坐着睡觉。据说在16世纪，神圣罗马帝国皇帝查理五世——哈布斯堡王朝争霸时代的主角——用西班牙语和上帝交谈，用法语和男人交谈，用德语和马交谈，轮到女人，则改用意大利语，似乎惟其如此方可表达纤悉精微之情感。我觉得，如果谈论美食，尤其是密集陈设美感的地方美食，恐怕意大利语仍是最佳的选择，也许方言更好。

米兰世博会中，设有意大利饮食精神象征之物一般的"慢食运动"（Slow Food）展馆，这项运动正是起源于皮埃蒙特，其1986年发布的宣言声称："让我们重新探索当地饮食风味，远离快餐。""慢食运动"以极多主义的生活方式为根基，而意大利的极多主义是罗马帝国崩溃之后，漫长而复杂的历史进程的结果：从欧洲逐渐成形，到历经中世纪、文艺复兴、启蒙时代……意大利分裂为无数个重视地方特质的政治主体，每一主体深以地方主义为傲，所谓意大利饮食精神，实际上正是彻底的多元论，根深蒂固的地方主义一如前苏格拉底时代的哲学家们那样为了阐释世界而各执一词。

为了深入体验这个分裂世界的美妙，离开米兰世博会后，我由北向南，先后前往皮埃蒙特、托斯卡纳与西西里三个大区，试图理解"一切高贵的事物，其难得正如它们的稀少一样"背后的风土涵义。皮埃蒙特的这个夜晚，已经让我理解了"慢食运动"何以会源起于此：惟有"慢食"，方有充分时间呈现极多主义的美味，甚至稀释唇舌之间的司汤达综合征的症状。在皮埃蒙特，一些简单的美食，同样饱含极多主义的味觉体验。罗盖塔·达纳罗（Rocchetta Tanaro）公路边的博洛尼亚餐厅（I Bologna）中，一位被称作"面条妈妈"的本地厨师制作的意大利面条，几乎可以排入我此生面条体验（包括任何一种面条，从亚洲到欧洲）的前三名（其实差不多就是第一名）；而在卡斯迪略·堤内拉（Castiglione Tinella）的阿尔贝·卡斯迪略酒店（Albergo Castiglione），一份普普通通的早餐炒蛋，也顿时让我觉得平日所食皆为塑料合成制品——那些本应属于鸡蛋的精妙美感都去了哪儿呢？

阿尔贝·卡斯迪略酒店的主人保罗·萨拉哥（Paolo Saracco）性情严肃，却拥有一座让人难以严肃的同名酒庄"萨拉哥"（Saracco），因为那些由皮埃蒙特最为古老的葡萄品种莫斯卡多酿制的白葡萄酒与甜起泡酒，简直就是伊壁鸠鲁的哲学本身。普通葡萄藤的寿命，通常不过三四十年，而萨拉哥却可以将其养育至花甲之年，依然根深藤健，风骨遒劲，虽然葡萄的产量在降低，但其含糖量与含香量则在增长，这就是脱胎于此的甜起泡酒可以将被理解为"幸福感"的味觉体验推向巅峰的缘由所在——但这份"幸福感"不是亚里士多德式的，而是伊壁鸠鲁式的，幸福尽可被删减为快乐，快乐被消极定义，亦即免于痛苦，萨拉哥甜起泡酒使人纤悉精微地眩晕，免于痛苦的粗暴追问。

博洛尼亚餐厅的主人拉斐拉·博洛尼亚（Raffaella Bologna），同样拥有一座酒庄——位于罗盖塔·达纳罗的"布莱达"（Braida），以出产口感浓厚的巴罗洛饮誉世界。女庄主热爱艺术，她正在酒窖里为四位当地艺术家举办展览，她也懂得如何将栽培与酿制化作审慎而美丽的艺术：葡萄园中的玫瑰植株实为预警病虫害的传统方法，也许源自罗马人的经验；而定制于都灵技术学院实验室的最新

这座钟楼俯瞰着萨拉哥酒庄的葡萄园。普通葡萄藤的寿命，通常不过三四十年，而萨拉哥却可以将其养育至花甲之年，依然根深藤健，风骨遒劲，虽然葡萄的产量在降低，但其含糖量与含香量则在增长，这就是脱胎于此的甜起泡酒可以将被理解为"幸福感"的味觉体验推向巅峰的缘由所在——这份"幸福感"不是亚里士多德式的，而是伊壁鸠鲁式的，幸福尽可被删减为快乐，快乐被消极定义，亦即免于痛苦，萨拉哥甜起泡酒使人纤悉精微地眩晕，免于痛苦的粗暴追问。

设备则是另一种魔术，可以弥补"不好的年份"带来的遗憾。"比如2002年，天气很差，影响到收成的品质，但我能够利用现代技术进行温柔的调整，就像哄小孩一样。"这位皮埃蒙特母亲说道。她试图将酒香剪裁得体，以近乎经院的方式表达生命和愉悦的激烈情感。也许是为了将这种情感表演至极致，她顶着烈日，带我走上一座山顶。"这就是意大利生活方式！"她早已命人备好酒桌，就在一株大树的浓荫之下。我们一边品尝，一边欣赏废墟——18世纪的普鲁士国王腓特烈二世，一度深深迷恋罗马废墟，乃至故意兴建废墟，专以容纳温克尔曼式追慕古典之情感——我们眼前的废墟却货真价实，那曾经是一幢别墅，据说主人忽就发疯，一把火将自己及砖石烧个焦赤。拉斐拉·博洛尼亚打算喝令废墟重生，借由原址，修整出一家共享经济青睐的客舍，上有卧房，下有酒窖，挂去旅行网站上出租，独乐乐不如众乐乐，意大利母亲需要全世界的孩子为意大利生活方式点赞，需要他们感到意外甚至震惊，然后找到恋爱般的感觉——没想到世间竟有如此挣扎于幻想与现实之间的离奇场景。

  10年前，当我第一次前往托斯卡纳的时候，遇见了一位穷尽半生为意大利生活方式点赞的美国女士。那是《托斯卡纳艳阳下》的典型模式：由随心所欲的旅行，而处心积虑地定居。我们坐在由乔托的弟子特达·高迪设计的佛罗伦萨韦基奥旧桥（Pnote Vecchio）附近的一间公寓里，俯瞰阿尔诺河两岸旧世界的尊贵部分——文艺复兴以来的透视法则支配的世界。她侃侃而谈自己的故事，仿佛一位走出柏拉图洞穴的幸运儿，她愿意永远留在阳光之下，托斯卡纳的或是柏拉图的,她愿意永远留在被称作"美丽娇艳,善变无常,永远的迷魂女"的文艺复兴发源之地,她愿意永远留在西方文明本源的恢宏背景之中;而那份恢宏,额头紧贴她的窗口,有时呈现为布鲁内莱斯基设计的圣母百花大教堂橘色穹顶上空的晚霞,有时呈现为空气中的烟尘,淡绿或粉红,仿佛遗珠遍地的模仿古典的那个世界的大理石的反光。她不想再经历司汤达综合征,她希望自己像意大利人那样拥有免疫力,她希望达·芬奇、米开朗琪罗和拉斐尔的天才气息,成为每日悬浮于空气中的微粒,甚至在厨房里。

实际上,除了这座但丁邂逅贝雅特丽齐的城市,丘地起伏性感如脊、麦浪、葡萄与橄榄点缀如锦的托斯卡纳乡间,亦对诸多外国移民(当然,主要是更乐于自由移动的美国人)构成致命的吸引力,吸引他们匆匆前往,寻找一块合适的土地,托付渴望归附率真的人生下半场——那种潮流,甚至在《托斯卡纳艳阳下》畅销之前已然泛起。前往定居的具体理由很多:气候、物产乃至当地人的性格和社交的热度……当然,还有生活成本——爱唯侬堡酒庄的马克西米利安告诉我,托斯卡纳得天独厚,天气好,地里出产最好的食物,即便是没有很多钱的普通人,生活也可以过得很好。马克西米利安就是外国人,他来自西班牙巴斯克,他的妻子则来自比利时,他们并不缺钱,但拥有巨大财富的妻子一度缺乏健康,所以他们买下这里的土地,为践行"世界上最健康的生活方式"而来。

不过,我却觉得,类似的"健康生活方式",或许在美国加州也找得到,但二者之间的重要区别是:你不可能在加州与文艺复兴时期生活在一起，你的邻居只能是一些殖民风格的乏味住宅，而在托斯卡纳却可以，你可以拥有一种名叫乔托的微尘。游荡在蒙塔尔奇诺（Montalcino）或蒙特普尔恰诺（Montepulciano）这样的山间故城，你的肉身仿佛正在与达·芬奇经历同样的时间。我在蒙塔尔奇诺过了一夜，这座被出产布鲁内罗葡萄酒的田地簇拥的山巅古镇，由13世纪至15世纪之间兴建的教堂、修道院、古堡及民居凑成。我预订的酒店没了多余的房间，便被安排至山坡上一处数百年前的旧宅中过夜。我躺在四柱床上，听见有人踢踢踏踏路过窗下，心想也许那就是彼得拉克，至少也是他的灵魂。蒙特普尔恰诺地势更高，不仅拥有可以让人一览翁布里亚及托斯卡纳南部风光的险峻城墙，而且深藏锡耶纳学派最杰出的画作——塔代奥·巴尔托洛为文艺复兴时期建造的大教堂绘制的《圣母升天》，那是1401年。然而，与贵族酒生产者——酒庄宫都奇（Contucci）的历史相比，这都不算什么。宫都奇已年逾千载，而且拥有确切文字的记载，这就是说，它问世于第一个千禧年结束之后，欧洲人开始重新品尝现世乐趣之际。酒庄的城堡式建筑位居古城中央，与蒙特普尔恰诺最为重要的几处国家机器各自分享方形广场的一边，而其内部，却是一座活生生的宫殿式文艺复兴博物馆，它的壁画与雕塑复原了那个维纳斯重新诞生的时代。

托斯卡纳亦为意大利起源之地——具有高度教养和艺术性的民族伊特鲁里亚人最早生活在这里。英国作家戴维·赫伯特·劳伦斯——《查泰莱夫人的情人》的作者，那本书有一部分完成于西西里岛——曾经调侃地借由《伊特鲁里亚人的街道广场》写道:"在伊特鲁里亚人的事物里面寻找提高是没用的。假如你想要提高,可以找古希腊人和哥特人。假如你想要数量,可以找古罗马人。但假如你爱的是根本无法加以标准化的古怪的自发形式,那就找伊特鲁里亚人。"马克西米利安认为,近年间频繁造访托斯卡纳的中国人更像伊特鲁里亚人,惊异于他们毫无征兆地从天而降——这绝非譬喻,某一天,一架直升飞机忽然降临于爱唯侬堡的葡萄园与米其林餐厅之间,几位中国电影界和企业界的人士走出机舱,毫不在意价格地饕餮一番,而后携去价值几万欧元的拉丁式种植、生物动力法酿制的美酒,再度神秘地消失于天空之中,仿佛鸟儿飞过,虚空未留痕迹。当然,将中国人与伊特鲁里亚人划上等号只是不着边际的玩笑,中国人热爱标准化的生活,反倒是爱唯侬堡的酿酒师才更像伊特鲁里亚人——他们创作的"圣酒",需要10年时间陈放,连酿酒师自己都不知道最终结果会是怎样,酿造过程完全演变为充满游戏精神的偶然性艺术实验,触及到饮食之诗的本质:游于艺。

意大利生活的最重要形式便是如此,就像你能在费里尼的众多电影中看到的那样:嬉戏,嬉戏,还是嬉戏。位于科尔托纳(Cortona)的法尔科涅酒庄(Falconiere)的主人,每天早上在他的度假村里把玩一只猛禽——那是出没于本地的隼,酒庄的名字即来源于此。他的儿子本笃·巴拉奇(Benedetto Baracchi)在与我们见面之前就已经与桃红和黄色起泡酒嬉戏了一番,一路狂笑着介绍地里的香草、果木如何与家禽、野兽嬉戏,他的鸡吃着百里香长大,野猪有时会毁掉一片葡萄园,不过,"那有助于改善肉质",他端起猎枪,想办法把那些已经被自家的果实改善的肉类回收到度假村的餐桌上。博西堡酒庄(Castello di Bossi)则在与大海嬉戏,葡萄园里摆放着尚未完成的巨型大理石雕塑,它们一旦定稿,便将被沉入附近的海域。庄主和艺术家既希望能够借此阻止近海撒网捕鱼,保护海洋环境,也希望那些毕加索式的玩意能够成为一处水下观光景点,为生活带来一些超越性的体验。

类似的"健康生活方式",或许在美国加州也找得到,但二者之间的重要区别是:你不可能在加州与文艺复兴时期生活在一起,你的邻居只能是一些殖民风格的乏味住宅,而在托斯卡纳却可以,你可以拥有一种名叫乔托的微尘。

予我印象至深的一次嬉戏于酒的体验,是在佛罗伦萨,这座曾经让我真切体会到司汤达综合征的城市——虽然那是10年之前,虽然当时的我和刚刚爱上的姑娘错过了佛罗伦萨学院中的大卫像,只浏览到若干印制在男式内裤上的局部大卫——司汤达综合征又名大卫综合征,因为许多女性游客的司汤达综合征引发于此:米开朗琪罗融合卡瓦罗山巨型男性雕像的裸体和佛罗伦萨的多纳泰罗传统,试图将完善的人体从大理石的桎梏中解放出来,

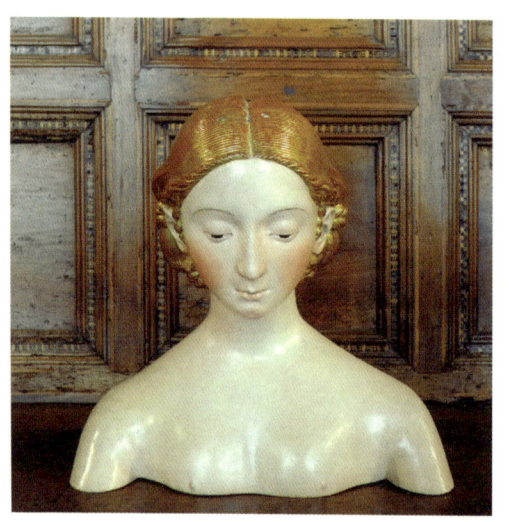 

图中的雕塑藏于佛罗伦萨,其余三件陶瓷作品展示于蒙塔尔奇诺。这些作品都是第一个千禧年结束之后,欧洲人开始重新品尝现世乐趣的结果。其中描绘布鲁内罗葡萄酒的作品再度证明了饮食之诗的重要:诗的任务不是填饱肚子,而是展现想象力与可能性。

并同时赋予胜利与悲剧的情境。而这一回,某个夜半,意大利葡萄酒专家叶文带着我和朋友们拐入圣母百花大教堂左近的一条胡同,奥盖巷街(Via delle Oche)。墙角的圣母像注视着我们,但丁曾诞生于不远之处,并在同样的月亮下闲逛。我们钻进珂贵娜琉酒吧(Coquinarius),点上从白到红3支葡萄酒,它们截然不同于我们此前品尝的那些顶级酒庄风味,然而同样带来惊喜,并且是意料之外的骇人惊喜。其中最后一支,红葡萄酒马泽米诺(Marzemino),莫扎特的《唐璜》将她歌颂。酒吧的合伙人是一

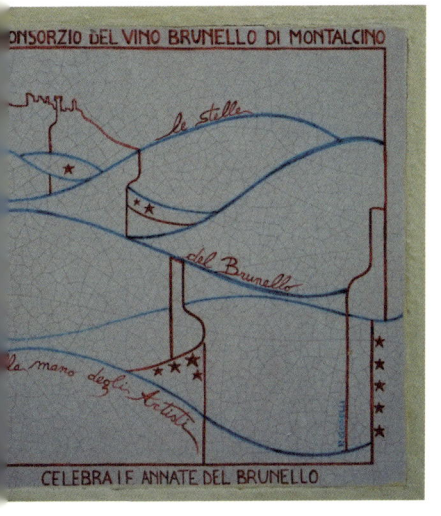

位严谨而不乏激情的年轻侍酒师,他从意大利各处搜集小众品牌的出产,他的任务似乎是永远为顾客拆除葡萄酒的界碑——饮食之诗的多样性之美,永远没有止境——使珂贵娜琉成为另一类圣十字教堂,专为执迷于杯中诗句的司汤达而备。

我似乎被一种无边无际的幸福感所笼罩,它来源于一种母性的力量:母性对于任性的容忍。费里尼在笔记中写道:"罗马是一位母亲,一位完美的母亲,因为她漠不关心。是一位有太多孩子的母亲,所以没有时间理你……你走的时候任你自去,像卡夫卡的法皮埃蒙特卡斯迪略·堤内拉街角的圣母像。在意大利文化中，根深蒂固的土地欲望被升华为一种母性的力量。这种力量因对于任性的容忍，而赐人以无边无际的幸福感。

庭。"我坐在葡萄酒的卡夫卡的法庭里，将整个意大利想象成这样一位母亲。虽然这个国家由一群老年人掌握，但他们在骨子里都是孩子。我又想起落宿于蒙塔尔奇诺古城的那天晚上，当我在吉利奥酒店的餐厅（Albergo il giglio），与各自拥有葡萄园的3位好基友庄主——圣菲利普（S. Filippo）、席罗·巴茜蒂（Siro Pacenti）和卡萨诺瓦·迪奈里（Casanova di Neri）——共进晚餐的时候，餐厅老板，一位个头不高的本地老头，仿佛费里尼电影里的一位角色，大谈起他如何不让一位来自美国的著名酒评家吃霸王餐的故事。那几乎是阿基米德与马克卢斯故事的翻版，但在这个故事里，纽约口音的马克卢斯并未征服阿基米德。托斯卡纳山区的那个弹丸之地，似乎没有任何理由需要将所谓"新罗马帝国"放在眼里，因为这里才是真正的罗马，阿基米德的支点就是这块土地。

波兰的十三月

欧洲文化之都
再见"历史",再见害怕
诚实的野生艺术

弗罗茨瓦夫

欧洲文化之都

　　当我在一个月之内，第四次进入弗罗茨瓦夫（Wroclaw）的时候，脑袋里冒出这样一段话，它是波兰犹太作家布鲁诺·舒尔茨留在《鳄鱼街》里的诡异念头："每个人都知道，在平凡、正常的年间，有时候会从岁月的子宫蹦出来一个奇怪的年份。那是一些不同的年，独特的年，逆子之年。就像手上第六个小指头，在这些年的某处会生出虚幻的第十三个月。"

　　第十三个月或许并不果真存在，但对一切艺术，以及时间与美而言，完成之前，它们都不存在，完成之后，它们的存在亦无需任何多余的理由。作为2016年度"欧洲文化之都"，弗罗茨瓦夫，这座波兰西南部奥德河流域的西里西亚古都，自1月17日起，便以"美的空间"（Spaces for Beauty）为主题，陆续推出1 000余项重新定义存在的文化艺术活动，涵盖建筑、电影、文学、音乐、歌剧、表演艺术、视觉艺术及戏剧八大领域，并伴有多项主题艺术节：比如4月26日至30日的"奥德河爵士音乐节"（Jazz on the Oder），5月1日的"感谢吉米吉他音乐节"（Thanks Jimi），9月22日至24日的"弗罗茨瓦夫工业摇滚音乐节"，以及从2月持续到6月的"捷克与斯洛伐克新浪潮电影回顾展映"等；而在7月举办的"新视野电影节"期间，我每天下午都会去喝一杯啤酒的老城广场，摇身一变，成为巨大的露天电影院。那是一处彩色房屋簇拥市政厅钟塔的长方形中世纪广场，每年夏天，它的东部都会被手工市集、人造沙滩和主打香肠啤酒的小食摊塞满；南部则是街头艺人的天下，也有斜挎背包的女郎向路人推销"吉普赛舞蹈"；西部设计出抽象的玻璃喷泉，游客接吻，孩子写生，脚踩自行车的高大女神鸟儿一般掠过，她们是在附近读书的大学生；北部的长街托付给一家又一家风格各异的酒馆，我坐在露天座椅间，望见了布鲁诺·舒尔茨笔下的世界——"下午六点，城市陷入一片发烧的狂热，屋子起了红晕，而人们活力十足地漫游，胸中好像有火在烧。他们的脸上和唇上带着明亮的色彩，而他们眼中则闪着节庆的光辉，既美丽又邪恶。"——除了邪恶，其余皆为准确。

我的第十三个月，正藏匿在弗罗茨瓦夫"节庆的光辉"之中。长达一年的文化艺术节庆，足以塑造出超越性的现实——更富于尊严的现实。毫无疑问，选择一座波兰城市，尤其是斯拉夫文化与日耳曼文化交错之地的波兰城市，承担"欧洲文化之都"的光辉，堪称意味深长。波兰置身于欧洲地理、宗教、文化的十字路口，历史支离破碎,甚至比"逆子之年"还要诡异,它的边界时而扩张,时而收缩,时而扭曲甚至消失:早期君主从未将波兰联合为强大、统一的王国;18世纪晚期,它被俄罗斯、普鲁士和奥地利三个强大的邻居瓜分;1939年,波兰又成为纳粹德国和苏联的牺牲品;第二次世界大战之后,领土被迫依据强国意志变迁,边界整体向西移动,国境之内引入新的政治与经济体制……所有这一切,使得历史上对于"波兰"的描述,更接近于一种文化现象,而非寻常的国家概念,某些时刻,与其说波兰存在于现实之中,不如说波兰存在于由共同语言的文学传统、大学和罗马天主教交织而成的文化纽带之中。

无论被迫迁出的德国人,还是被迫迁入的波兰人,所有人的命运都荒诞地取决于20世纪相互冲突的哲学,形形色色披有"历史必然性"面纱的弥赛亚主义,一如1980年摘取诺贝尔文学奖的波兰诗人切斯瓦夫·米沃什所说:"以那些美丽的普遍性理念的名义杀人。"

弗罗茨瓦夫的吊诡之处在于,它虽然是一个以多民族和多元文化为特色的城市(德意志、波兰、捷克、犹太等民族均扮演过重要角色),但1945年之前,它并不属于波兰,而是不折不扣的德国城市,名为布雷斯劳(Breslau)。一天下午,在老城广场北侧,我便

"虽然波兰历史要比希腊历史短得多，但是它在失败和幻灭方面的丰富性，却不遑多让。"波兰置身于欧洲地理、宗教、文化的十字路口，历史支离破碎，它的边界时而扩张，时而收缩,时而扭曲甚至消失。历史上对于"波兰"的描述，更接近于一种文化现象，而非寻常的国家概念，某些时刻，与其说波兰存在于现实之中，不如说波兰存在于由共同语言的文学传统、大学和罗马天主教交织而成的文化纽带之中。弗罗茨瓦夫的吊诡之处在于，它虽然是一个以多民族和多元文化为特色的城市（德意志、波兰、捷克、犹太等民族均扮演过重要角色），但1945年之前，它并不属于波兰，而是不折不扣的德国城市，名为布雷斯劳。布雷斯劳是德国在二战之后失去的最大城市，它曾经拥有与法兰克福、慕尼黑不相上下的经济体量。依据波茨坦会议讨价还价的结果，波兰的边界整体向西移动，布雷斯劳被划拨给波兰，专以容纳另一批被迫西迁的欧洲人口——波兰东部划归给苏联的领土上的定居者，德国居民则遭到驱逐。此地被重新命名：弗罗茨瓦夫。名字来源于波兰13世纪末期的统治者，弗罗茨瓦夫公爵，"光荣的"亨里克四世·普罗布斯，他曾经迈出了对于波兰统一具有重要象征意义的第一步。弗罗茨瓦夫就像一具标本，记录着20世纪特有的天翻地覆的迅猛改变，而这一组街头雕塑，则似乎象征着一种波兰式的命运，或者，更确切地说，20世纪人类的共同命运。

遇见了布雷斯劳寻根派。

当时，我正坐在一家名为"大杯"（Literatka）的酒馆门外，这个名字据说意指小杯伏特加之间的喘息之物——斯拉夫民族举起小杯永远是一个急不可耐的仰头动作。我选择了以捡来的旧椅子凑成的巴黎式露天席位的前排，守着小桌上玻璃瓶里半枯萎的一枝玫瑰，一边品尝身穿黑色套裙的胖女孩推荐的本地黑啤，一边翻看本地黑色幽默艺术家欧根纽什·斯坦凯维奇（Eugeniusz Get Stankiewicz 1942—2001）的画册。欧根纽什旧日的工作室，就在酒馆以西几十米处，那里既是老城广场的西北角，也是圣伊丽莎白教堂广场的东南角——实际上，那处被称作The Copperplate Engraver's House的小房子，是教堂附近仅存的两座献祭建筑之一，他自1994年起入驻，每年只需象征性付给政府一分钱，就可以在铅笔尖似的三层带阁楼的小宇宙里为所欲为。欧根纽什辞世之后，工作室成了博物馆，外墙上挂出他那些脑洞大开的海报设计，内部则是赤裸裸揭穿人性的绘画常设展。马乌戈热塔·斯坦尼列维奇（Malgorzata Stanielewicz）跟我聊了许久，她是欧根纽什生前助手的妻子，也是一位艺术家，但我觉得，她更像欧根纽什的女儿。马乌戈热塔送给我的画册，几度使我险些喷出啤酒。当我看到罗密欧与朱丽叶的爱情被巧妙阐释为器官欲望的驱动，而忍不住要制造一股喷泉之际，邻座的夫妇终于忍不住探过头来打断。"你看到'地精灵'了吗？"老头问。"你说什么？""我已经找到了30多个，一共有79个，权威数据。"老头晃了晃手里的旅游指南，封面上赫然印着《布雷斯劳》。很显然,他们来自德国,而且,不幸的是,德国的权威数据落伍了。那些"地精灵"是散落城市各处的铜雕,比手机高不了多少,大多身着西里西亚传统的精灵制服,头戴尖帽,足登翘履,躲在喷泉旁、窗台上、长凳下……专供好事者设法集齐龙珠。"地精灵"的形象来自于欧洲森林传说:它们怀有

"地精灵"是散落在弗罗茨瓦夫城区各处的小型铜雕,大多身着西里西亚传统的精灵制服,头戴尖帽,足登翘履。"地精灵"的形象来自于欧洲森林传说。

地遁之术，来无影，去无踪，专门伸张正义、鞭挞统治者，统治者既恼火愤怒，又无可奈何……毫无疑问，"地精灵"代表着无权力者的权力，来源于作为精神寄托的心理补偿机制。我在前来波兰的飞机上看了一部根据真实事件改编的电影——《八千万》，发生在1981年的弗罗茨瓦夫，讲述的是沃伊切赫·雅鲁泽尔斯基宣布戒严令10天之前，团结工会运动的领导者弗莱谢尼乌克及4位同事设法从银行中支取8千万，用于支持变革事业的故事。而在当时的弗罗茨瓦夫街头，我指的是电影之外，手无寸铁的理工大学学生抗议"军管"的方式，却是打扮成"地精灵"，只可惜这批"地精灵"匮乏地遁之术，不时遭遇拘禁或驱逐。10年之后，制度变迁，当地政府铸出11位"地精灵"，以此为自由之象征，弗罗茨瓦夫城市之标志。民间亦开始"自由"设计、制作，并将其"自由"摆放于公共空间，"地精灵"的数日持续增长，至少比本地人口增长的比例更为迅猛。实际上，它们早就超过了300个，而且题材多样，直指社会现实，比如在老城广场北侧的一条巷子里，有一家旧日监狱改建而成的酒吧，窗台上的铁栅栏里，便铐着一个反面形象的"地精灵"，据说它是在私有化进程中迅速堕落的公务员。德国老头递过他的索尼相机，请我欣赏他最为得意的收获：那是在被当地人称作"女巫塔"的天主教堂门前，一尊驾驭哈雷摩托的"地精灵"。是啊，哈雷摩托就是"自由世界"的哲学图表。

"这座城市复原得相当不错，尤其是老城广场，一切都像我爷爷出生时那样，除了西南角的那一幢现代银行建筑。"他终于切入

尽管弗罗茨瓦夫已经在战火中失去了八成左右传统建筑,但迁徙至此的波兰人逐步复原及重建了大量普鲁士、奥地利及波西米亚风格建筑,智性地延续了文脉。

正题,原来如此。布雷斯劳是德国在二战之后失去的最大城市,它曾经拥有与法兰克福、慕尼黑不相上下的经济体量。德国寻根者的祖父,应该是被苏联红军驱逐西迁的流民之一。依据波茨坦会议讨价还价的结果,这座城市被划拨给另一批被迫西迁的欧洲人口——波兰东部划归给苏联的领土上的定居者。此地被重新命名:弗罗茨瓦夫。名字来源于波兰13世纪末期的统治者,弗罗茨瓦夫公爵,

"光荣的"亨里克四世·普罗布斯，他曾经迈出了对于波兰统一具有重要象征意义的第一步：与罗马教皇及其支持者选帝侯鲁道夫进行磋商，以使他们同意自己的加冕礼。

波兰城市弗罗茨瓦夫并未在空间维度否定德国城市布雷斯劳，尽管它已经在战火中失去了八成左右传统建筑，但迁徙至此的波兰人并未失去理性地推崇废旧立新，而是逐步复原及重建了大量普鲁士、奥地利及波西米亚风格建筑，将城市的基本面目恢复至历史中浓墨重彩的辉煌时期，传统的"美的空间"。尽管这位德国游客并不喜欢在"布雷斯劳"的记忆版图中，添出一具勒·科布西耶式的现代机器，但至少，在弗罗茨瓦夫中心地带，从未竖起过斯大林强行"赠予"华沙的波兰科学文化宫那样的苏维埃"哥特怪物"。

弗罗茨瓦夫就像一具标本，记录着20世纪特有的天翻地覆的迅猛改变，类似的案例，在乌拉尔山以西的土地上，似乎只有修昔底德记录的伯罗奔尼撒战争可堪比拟。无论被迫迁出的德国人，还是被迫迁入的波兰人，所有人的命运都荒诞地取决于20世纪相互冲突的哲学，形形色色披有"历史必然性"面纱的弥赛亚主义，一如1980年摘取诺贝尔文学奖的波兰诗人切斯瓦夫·米沃什所说："以那些美丽的普遍性理念的名义杀人。"

二战之前，布雷斯劳拥有8位诺贝尔奖得主：特奥多尔·蒙森（1902年诺贝尔文学奖）、伦纳德（1905年诺贝尔物理学奖）、爱德华·毕希纳（1907年诺贝尔化学奖）、保罗·埃尔利希（1908年诺贝尔生理学或医学奖）、格哈特·霍普特曼（1912年诺贝尔文学奖)、弗里茨·哈伯(1918年诺贝尔化学奖)、弗里德里希·贝吉乌斯(1931年诺贝尔化学奖)、奥托·斯特恩(1943年诺贝尔物理学奖)。二战之后，弗罗茨瓦夫又贡献出两位：马克斯·玻恩(1954年诺贝尔物理学奖)与赖因哈德·泽尔腾(1994年诺贝尔经济学奖)。虽有二战之劫，两国交替，这座城市的文脉仍在延续。如果考虑到弗罗茨瓦夫今日常住人口不过64万（其中15万还是来自各地的学生），这座城市的科学文化成就更显惊人。而对研究与创造工作形成有力支撑的，却是那些自行车上的高大女神来来去去的11所公立大学和21所私立大学或学院，以及14座博物馆、15座艺术馆、10座剧院和音乐厅。仅从这些数字来看，2016年度"欧洲文化之都"已当之无愧。

我在老城广场东南方向的巴拉巴拉（BARBARA）——欧洲文化之都的心脏机构，其前身为一家本地知识分子青睐的餐厅，如今被改造为分享信息与创意的空间，拥有展览、表演、电影放映、举办会议或工作坊等诸多功能——找到一份免费发放的《弗罗茨瓦夫2016欧洲文化之都新闻》第四期，读到了一则有趣的报道。它说的是100年前，德国学者威廉姆·斯特恩在本地大学发明了智商（IQ）检测的方法，但长期默默无闻，不仅市政厅名人廊中没有他的位置，甚至通过波兰维基百科也无法搜索到他。合上报纸，我不禁暗自感慨：嗯，IQ之于弗罗茨瓦夫，一如微信之于心灵。

再见"历史",再见害怕

天空开始浮现红晕的时分,我走进与夜晚交界的剧院——借用罗马字母排列座次的Scena im J. Grzegorzewskiego。在当下的波兰,戏剧似乎是另一种形式的罗马天主教:不要忘记,这个国家每年拥有100个戏剧节,而且,这个秋天,国际戏剧奥林匹克亦在弗罗茨瓦夫举办。戏剧节是属于狄俄尼索斯的节日,自希腊时代以来,酒神精神与人类一路同行,直迄今日。从这一角度来看,波兰的戏剧又更像是另一种形式的古典宗教,承袭文明,传播洞见。

《格林童话:黑雪》(GRIMM: czarny snieg),这只是弗罗茨瓦夫日常戏剧生活中的一场普通演出,艺术水准却让我深感震惊。所有演员都说着波兰语,我却并未受到多少困扰,可见其综合性舞台语言之强悍——台词仅属其中一小部分,整体的剧场幻觉建设更依赖于音乐、音响效果与视觉语言,以及台词之外的表演。舞台设计再现梦境,废墟般的梦境,三块共时性多媒体屏幕与台前幕后的角色交互甚至伪造信息,某些段落,演员披挂可穿戴的虚拟现实设备上阵,为感知空间多添一层维度。所有角色均近乎运动的雕塑——开场时两女一男三具年轻的裸体,而后便是线性时间中持续的衰朽,造型、情境与人性。"黑雪"不仅幽暗,更令人绝望,更接近于未被阉割的格林童话,亦道出浪漫主义之后被乌托邦耗尽的20世纪真相,切斯瓦夫·米沃什如此说道:"虽然波兰历史要比希腊历史短得多，但是它在失败和幻灭方面的丰富性，却不遑多让。"

1980年代之前，在波兰，被允许公开呈现的艺术表现形式——"唯一合法的抒情诗"，必须具备如下条件：第一，开朗；第二，不含任何超越普遍接受的原则的思想元素（实际上是指描写自然，表达对最亲近的人的情感）；第三，直白……以上教条，见诸切斯瓦夫·米沃什的归纳：《被禁锢的头脑》。实际上，这意味着必须借助"纯形式的张力"表现的"形而上的情感"，必然遭遇批判、排斥与压制，所有艺术舞台必须让位于"庸俗化的知识"——使人觉得一切都明明白白，一切都可以解释清楚。希特勒及其他独裁者皆专擅此道，意图扼杀文化的"现在进行时"，比如1937年在慕尼黑举办的"退化艺术"展览，就是对当下艺术探索的公开侮辱。面临如此压力，许多波兰艺术家不得不潜入实用领域，将"形式主义"施以伪装，借助家家户户必需的餐具与纺织品使其春风吹又生——时迄今日，无论在华沙还是弗罗茨瓦夫的机场，初次进入这个国家的人都会在纪念品商店惊讶地感受到那些"工艺美术"领域的意外成就。

曾经代表波兰角逐奥斯卡最佳外语片的电影《狂浪少年摇滚梦》（Wszystko Co Kocham），从另一个角度证实了"不合法的抒情诗"的遭遇，文化审查甚至扎根于中学校园：几个青春期的孩子自组乐队，计划在礼堂演出原创歌曲，却不得不面对审查官的骚扰，甚至遭遇禁演的威胁。当然，孩子们很勇敢，不仅唱出了自己的歌，还砸烂了审查官的汽车，那就是波兰的1980年代。而在《格林童话：黑在当下的波兰,戏剧似乎是另一种形式的罗马天主教。信仰它的观众以其为解放被禁锢的头脑和被禁锢的日常生活的精神治疗手段。此为《格林童话:黑雪》演出海报,在实际演出中,这两位角色并未穿着任何服装。

雪》的剧场里，清晰可见的是：虚伪的一页已经彻底翻了过去。人们已经可以毫不撒谎地讨论任何问题，伴随着创作活动的，不是自我审查，而是克服阻力的自由之感。对观众而言，戏剧则成为一种解放被禁锢的头脑以及被禁锢的日常生活的精神治疗手段。

离开剧场，天未黑透，但巨大的夜已茁壮，红晕怒放至深紫。我不得不感慨，这毕竟是尼古拉·哥白尼（1473—1543）剥夺了地球宇宙中心位置的国家。哥白尼的发现受惠于亚里士多德的观点，实为希腊文明之延续，而说着斯拉夫语的剧场又何尝不是。在弗罗茨瓦夫，支撑欧洲文明的两大精神体系并非化石，而是活生生的，其一便是希腊罗马的遗产，其二则为天主教，尽管后者曾在历史上与哥白尼意见相左。

早在11世纪初，罗马教廷即设立弗洛茨瓦夫教区，建起主教座堂与要塞，使其成为西里西亚行政及宗教中心。而今天，作为弗罗茨瓦夫历史中心的座堂岛——本地最早的集市与街区形成于此——依然以其圣母主教座堂巍峨耸峙的哥特双塔振臂一呼，勾勒出城市天际线的高音部分，当然，那更是波兰国家精神的形状。几乎没有游客会错过圣母主教座堂，不远处同属哥特风格的公爵礼拜堂，以及巴洛克风格的圣伊丽莎白教堂亦值得细品味。后者瑰丽繁复的装饰，与弗罗茨瓦夫大学身旁那座耶稣会教堂一样，皆出自奥地利哈布斯堡王朝宫廷建筑师之手。如果说座堂岛上的教堂挤满走马观花的游客，耶稣会教堂则堪称本地日常生活之诗——我参加过两场弥撒，结实静穆的座席间，多是合掌祷告、下跪、吟唱赞美的年轻

在弗罗茨瓦夫现存历史最悠久的圣吉尔斯教堂,我撞见了一堂别开生面的"音乐课"。

人,教堂为了将集体践行的仪式创造出脉搏活跃的"心理物理状态",居然采用现代乐队为若干唱段伴奏。而在弗罗茨瓦夫现存历史最悠久的圣吉尔斯教堂,我撞见了一堂别开生面的"音乐课":在建于13世纪的朴素空间内,女教师弹着吉他,率领几个班级的小学生悠游合唱于欢畅美妙的旋律中。

天主教为波兰统一意识的存续做出了特殊贡献:它不仅在传统社会中扮演整合角色,形成强大的民族情感纽带,呈现出波兰人与信仰新教的普鲁士人、信仰东正教的俄国人以及讲意第绪语的犹太社区居民之间的区别;而且,即便身处"上帝死了"、宗教情感普遍衰退的20世纪，它依然奇迹般凝聚着绝大多数国民。这其中，神职人员的人性光辉功不可没：他们在第二次世界大战期间忍受苦难，表现出种种高尚的爱国行为，堪称社会表率；冷战时期更是如此——电影《八千万》中具有社会担当的正面角色之一，恰恰便是教堂中的神父。在这个国家，作为意识形态的"历史"一度试图取代上帝的位置，但它毫无悬念地失败了，因为自恃"历史力量"的投机分子，以"历史逻辑"之名将人类视作"历史材料"，有血有肉的人类将如何选择，结果可想而知。1978年，来自克拉科夫瓦韦尔山上的大主教罗尔·沃伊蒂瓦当选罗马教皇，成为约翰·保罗二世，他于次年重返祖国，呼吁波兰人"不要害怕"，要有勇气做出改变。10年之后，波兰正式取消"人民共和国"称号，头戴王冠的白鹰被恢复为国家标志。文明的习惯是脆弱的，只要条件发生突变，人类就会回归原始的野蛮——好莱坞大片、蒙古帝国研究者及切斯瓦夫·米沃什均持此观点。在20世纪，野蛮常常披有抽象晦涩的哲学观念的面纱，希望人类自觉成为其所置身之"历史形态"的囚徒。

  另一个金光闪闪的黄昏，我决定去"女巫塔"听一场音乐会，每日19点准时举办的"弗里德里克·肖邦（Frederic Chopin）和他的朋友们"。路上稍有耽搁，迟到了两分钟，结果教堂大门紧闭，我只能隔着锁孔向内张望。此中遗憾，直到后来前往华沙，借肖邦公园补上一场露天钢琴独奏，才算略微得偿。华沙国际机场即以肖邦命名，可见这位音乐家已是波兰民族精神的神圣轴线。他生逢19世纪上半叶波兰被瓜分的年代，那也是浪漫主义为欧洲文学艺术塑形的时期。1831年,波兰针对俄国统治的起义失败,近万名政治、军事和文化精英踏上流亡之旅,他们迫切需要浪漫主义所传递的那种直通未来的乐观精神以应付艰难时刻,而肖邦创作的乐曲——雄壮有力的《C小调钢琴练习曲》,表达对于1831年9月华沙沦陷的忧愤之情;《玛祖卡舞曲》与《克拉科夫回旋曲》,寄托国破山河在的思乡愁绪——自然而然被视为"最纯洁"、"最普遍"的波兰浪漫主义情感之代表。

> 虚伪的一页已经彻底翻了过去。人们已经可以毫不撒谎地讨论任何问题,伴随着创作活动的,不是自我审查,而是克服阻力的自由之感。对观众而言,戏剧则成为一种解放被禁锢的头脑以及被禁锢的日常生活的精神治疗手段。

与肖邦身处同一历史时期的诗人亚当·密茨凯维奇(Adam Mickiewicz),则是波兰浪漫主义在文学领域的决定性人物。弗罗茨瓦夫老城广场西侧的文学博物馆,正在为诗人举办大型回顾展,借助新技术手段还原其生平与手稿。米茨凯维奇一生中的绝大多数时间都用于流亡,与肖邦从未真正为民族自由事业举起刀枪所不同的是,他曾在1854年克里米亚战争爆发之后,亲自前往君士坦丁

弗罗茨瓦夫老城广场是一处彩色房屋簇拥市政厅钟塔的长方形中世纪广场,它的西部除了有文学博物馆,还有抽象的玻璃喷泉。游客接吻,孩子写生,脚踩自行车的高大女神鸟儿一般掠过,她们是在附近读书的大学生。

堡,试图参与反抗俄国的军事行动。米茨凯维奇认为民族是一个道德共同体,它渴盼自身能够成为现实,并不断得到完善。他将流亡者称为"波兰民族的灵魂",并将波兰视为"民族耶稣"的救世主形象,认为波兰的复苏将带来全人类的宗教重建,从而提出一种被哲理诗人齐普里安·诺维德(Cyprian Norwid)所反对的"革命末世论",后者认为将爱国精神提升为"无正当基础的宗教"是一种危险行为。无论米茨凯维奇的政治宗教主张是否完善,这位诗人以波兰语写就的作品,的确重启了波兰诗歌的历史,成为波兰浪漫主义文学的核心,而正是这种文学,堪称跨越不同帝国占领边界的文

座堂岛上一处平时并不对外开放的女修道院内景。

化存在,将受过教育的波兰人连接了起来,不论其身居何处。

浪漫主义坚信太平盛世总会来临,实际上是基督教文化中对于圣灵时期信念的延展,有时候,这种信念与激进主义相结合,就会成为一种软性武器。所以,第二次世界大战时期,德国纳粹对波兰进行"精神绝育"的措施之一,便是禁止公开演奏肖邦的浪漫主义音乐,这一措施与关闭博物馆、图书馆、大学、大多数中学和剧院同等重要。冷战时期,肖邦的音乐被诠释为服务大众的文化,《A大调波兰舞曲》响彻工厂车间。但在1980年代,那些乐曲又被激昂于街头的人群重新解读,尽力恢复其浪漫主义的原教旨式含义:相信未来,再见害怕。

诚实的野生艺术

"你会演奏什么乐器？"在巴拉巴拉，欧洲文化之都项目负责人玛格达莱娜（Magdalena）女士问我。她的意思是，我也可以参与表演活动。在2016年，除了那1 000余项"有组织有目的"的"官方"文化活动，"野生"的特别艺术项目也无处不在。比如，艺术家可以免费进入普通市民家里的客厅演出，主人需要做的，只是邀请20位观众而已。

第十三个月的演出野趣横生，我甚至在周末的上午碰见过一场摇滚。当时，我摆弄着谷歌地图，本来是想去瞅一眼罗马神庙似的老火车站。我从旧谷仓改建的格拉纳达套房酒店出发，先是穿过新音乐厅面前汪洋似的广场，而后钻入19世纪浪漫主义小说专属的林荫路，直任时间倒叙至守卫老城西南角的狗堡（The Dog's Bastion）——好了，我跨过护城河，横穿一束彼此汇聚又分开的电车轨道，来到一座被称作Świebodzki的新古典主义建筑面前，它便是布雷斯劳蒸汽时代的起点。

咣当咣当的烧煤火车曾经沟通着日耳曼与斯拉夫的世界。当蒸汽被送进博物馆，更新换代的铁轨转而投奔迪士尼金色城堡一般的弗罗茨瓦夫新火车站（它的内部，就连星巴克咖啡店也像一间宫殿，金色吊顶，墙面上大色块的红与绿，既不鲜艳也不肮脏，一间正在氧化的宫殿），老火车站的衰败则大张旗鼓：灰头土脸的外观甚至让我想起柏林博物馆岛上那些布满弹孔的立柱。我正为找不到入口而踌躇,神形凶恶内心热忱的保安却将我引入堆满杂物的工作人员通道——十几步外,柳暗花明,眼前却已是火车站台,我竟已深入罗马柱环绕的圆形建筑内部。

鼓乐震耳欲聋,我的左侧:一处盆栽香料植物环绕的喧哄舞台。乐队就像站在苹果树下,乐手的脚边散落着三三两两的苹果,但充任果树的只是灯光,绿油油的灯光,每位乐手都顶着抽象的绿帽子。我看了看时间,没错,此刻,上午11点,"彩虹割我眼"(Rainbow Cut My Eyes)乐队已经像在夜店里一样疯狂,正在为旧站台上的"素食主义机器"(Vegan Machine)市集倾泻成吨的情感。

十来个中年女人当众瑜伽,试图把孤单的身体扳成印度神庙里双人造型的一部分。那些并不孤单的年轻人则手牵着手,多余的一只手里牵一条晃来晃去的大狗,大狗很严肃,主人们多有镶嵌或刺青的脸蛋也很严肃,奶白或苍白的严肃,严肃的劲头被用来挑选彩色雕塑一般的水果蛋糕、水果馅饼或是水果派。摊主的态度更为严肃,她们将手工自制的世界观沿着站台排成两溜:素食主义是一项眼睛里不揉沙子的事业。我故作严肃,前往氧化钙掺锌钛白调成的浅绿色小卡车兼任的混合果汁吧取来一杯胡椒薄荷(Pepperminta),而后放弃严肃,将自己扔进一把里米尼海滩或巴黎塞纳河边的人工沙地才有的那种躺椅,打算舒舒服服听一回摇滚。结果,乐队却已撤离,舞台似乎在一瞬间变成电视购物频道,

上午11点,"彩虹割我眼"乐队已经像在夜店里一样疯狂,正在为旧站台上的"素食主义机器"市集倾泻成吨的情感。

一位中年美女面对着孤单的榨汁机和搅拌器,介绍如何通过搅拌结束孤单的心得,植物的孤单。

我很高兴看到旧火车站的新起点,它的未来不会孤单。弗罗茨瓦夫另一片著名的建筑群落也在更新,那是当年德意志帝国为纪念莱比锡战争一百周年而于1911年至1913年间兴建的百年厅(德语:Jahrhunderthalle,波兰语:Hala Ludowa)左近的四座穹顶建筑。百年厅已被联合国教科文组织颁定为世界文化遗产,它曾经作

老火车站的周末市集。这是一个城市空间循环利用的绝佳案例,旧站台上的那些摊位将东欧国家的年轻人与整个西方世界最时髦的生活观念连接在一起。

为布雷斯劳在20世纪的新象征而出现。马克斯·伯格(Max Berg)的设计融合了现代主义多种风格,以钢筋混凝土构筑出中心对称的四叶草形大厅,内部足以容纳6 000人,入口正对的步道前方竖起巨大的针状金属雕塑,白日妄想一般直刺长空。四座穹顶建筑则由汉斯·珀尔齐希(Hans Poelzig)设计,与百年厅同期建造,近日完成内部翻修工程,将成为弗罗茨瓦夫最新的展览空间。我绕着二者之间的音乐喷泉溜达了一圈,立即明了德国丢失布雷斯劳之心境——喷泉被规划至欧洲最大规模，仿佛一个人从未想到会丢失精心呵护的妻子。

二战之后，波兰女建筑师雅德维加·格拉博夫斯卡-哈夫雷拉克（Jadwiga Grabowska-Hawrylak）为这座城市设计出弗罗茨瓦夫的"曼哈顿"——她的回顾展是欧洲文化之都官方项目的一部分。但对这座历史上形成的"百桥之城"而言，更有意思的还是那些自发生长的部分，并不那么曼哈顿的地方。我在老城广场心脏地带的一条幽僻小巷里，发现了19世纪客厅一般的TAJNE Komplety书店。店员卢卡什不仅为我推荐了安杰伊·弗罗布莱夫斯基（Andrzej Wroblewski）、罗伯特·库斯米罗夫斯基（Robert Kusmirowski）、康拉德·斯莫伦斯基（Konrad Smolenski）等波兰艺术家的画册，还不忘提醒我：今年4月起，弗罗茨瓦夫亦当选为联合国教科文组织的"世界图书之都"，城市中有很多公共或私人的朗诵活动。

我在弗罗茨瓦夫最为重要的艺术发现，来自于随心所欲的歪打误撞。一天下午，我正打算步行前往老城之外的现代艺术馆——第一次抵达这座城市的时候，我就注意到出租车途经的一截火车车厢，它像导弹一般插中地面，倾斜的车身维持着弹道曲线的弧度，那是现代艺术馆门外的一尊雕塑，"黄永砯戏仿首长专列的装置与其何等相似"，我暗自嘀咕。然而，我的现代艺术馆之旅肇始未久已入歧途，我在荷尔蒙气息漫溢的安东尼街（ul. Antoniego）拐入一条小巷。安东尼街位处老城西部，东端便是正在展映捷克与斯洛伐克新浪潮的影院，年轻女孩加快步子进进出出，街口矗立的那一座刻画少女的铜雕远不如她们精彩。而在这条街上，更多年轻人进进出出于供应本地啤酒、本地食物与世界各地社交对象的酒吧、餐厅、咖啡馆与青年旅社，空气中有一股奇怪的辛辣及清新，也许这只是我的幻觉，但不管怎么说，年轻人从头到脚弥散出发了酵的雾气，提示着我弗罗茨瓦夫并不仅仅是一座历史古城。

这座城市的涂鸦也提示着这一点，而这正是我误入歧途的原因。我自诩为"涂鸦艺术观察家"，此前一天，已欣喜地发现欧洲艺术之都居然将涂鸦位置标注在专供旅行者使用的地图上。于是我按图索骥，体验了一回奥德河北岸的涂鸦艺术之旅。我穿行在街道上几乎只能见到垂暮之人的居民区，路过一家又一家中老年女性服装社区专营店，当地的草莓只要5块钱一公斤，那可是货真价实的一大篮子，远远低于老城里的价格，有的人当街卖菜，卖廉价服装，伏特加或苹果酒泡软的醉鬼上午10点就开始踉踉跄跄……眼前的一切，让我回忆起衰败的中国东北以及贝尔格莱德，我似乎也明白了地图标注涂鸦的用意：涂鸦意味着活力，重振的活力，重振的可能。我离开宽阔的车道，钻入背街的住宅区，道路凹凸不平，我深一脚浅一脚仿佛行走在沼泽地带，如果没有地图，那些巨幅涂鸦真的是云深不知处。许多住宅外墙剥落，露出黑红的砖块，而它的邻居，却可能是一座粉刷一新的公寓，甚至为了迎合中产阶级趣味而涂成奥匈帝国时期的玛丽亚·特蕾莎黄——依照前南斯拉夫作家丹尼洛·契斯的说法："那是黄昏时吉普赛乐队在大饭店露天餐厅演唱的歌谣里，枯叶与秋日玫瑰的颜色。"被标注的涂鸦都是画廊级别的作品，有些顶天立地，撑满6层楼的水泥外墙，脚下是一排垃圾桶。作为涂鸦"画布"的建筑，多为社会主义包豪斯与天主教巴洛克甚至工业时代装饰艺术风格的奇异混合，当然，前者是主调，因为富有集体主义的禁欲气息与约束力，足以贬低秩序的敌人，而且，更为重要的是，造价便宜，少花钱多办事；但那些细微之处的巴洛克与装饰艺术，虽已灰头土脸，却亦是切斯瓦夫·米沃什在《被禁锢的头脑》中揭示的"美学凯特曼"，新信仰统治下的一种伪装，当艺术领域的"形式主义"遭遇批判，它们便潜入实用领域，被日常生活所容留。如此拧巴的美学路径，普遍存在于20世纪的若干国家。我心有戚戚。而那些涂鸦，似乎力图复原人类基本的诚实，只可惜一些隐匿于过道的作品，局部已被破坏，总有人对自由充满恐惧。

将我引入安东尼街与俄罗斯街（ul. Ruska）之间那条小巷的，也是涂鸦。我先是看到一大片蓝色，覆盖着墙壁与方柱，而后是蓝色中粗犷的黑色线条，以及线条围拢的白色，远远望去，仿佛一只动物的侧影。这样简单的涂鸦非常少见，因为自从伦敦艺术家班克西的涂鸦作品跻身顶级拍卖会，成为好莱坞影星的收藏新宠，许多涂鸦爱好者便开始倾向于精细风格，甚至古典风格。"的确，有位日本游客问我，墙上那玩意是不是小孩画的。"当我推开涂鸦包围的TYC画廊（TYC ART）虚掩的门，女艺术家马乌戈热塔·季茨-克列科特（Malgorzata Tyc-Klekot）如此说道，她是这家经营

被标注的涂鸦都是画廊级别的作品,有些顶天立地,撑满6层楼的水泥外墙,脚下是一排垃圾桶。

本地艺术家作品的画廊的主人。我迅速注意到了墙上的一组小幅油画：黑框白底的黑色月亮，黑框白底的黑色三角，黑框白底的黑色多边形……当然，也有其他颜色的作品，但同样简洁而稚趣充盈，毫无疑问，这位艺术家便是室外涂鸦的作者。"马尔钦·哈兰德尔（Marcin Harlender），"她告诉我，"涂鸦艺术家的名字，我的好朋友，一个老头。"我表示出对作品的浓烈兴趣，她即由我去一只箱子里翻拣，那里堆有他更多的作品。我选定一幅，她便为我和藏品拍照，不用手机，而是郑重其事的单反相机与三脚架，她希望我同意将照片上传至脸书（facebook）。为什么不呢。于是，几天之后，我成了弗罗茨瓦夫艺术圈的名人，看个展览也有人冲上来打招呼，各种活动的邀请接踵而至——这应该是第十三个月的真正开始。

马乌戈热塔·季茨-克列科特热衷于艺术教育，但并非有教无类。如果孩子找上门来，她会花上一个小时跟他聊天，先看看这个孩子是否有能力理解艺术，再去讨论何为艺术，日后才是因材施教。我在画廊里碰见一个喜欢读书的8岁男孩，他眨着眼睛与我打招呼。第二次再去，他正作画——季茨-克列科特刚刚带他参观了作为欧洲文化之都官方活动的一个重要展览——"节奏线条"（Rhythmical Lines），几何抽象主义先驱瓦茨瓦夫·什帕科夫斯基（Waclaw Szpakowski 1883—1973）的回顾展。什帕科夫斯基算是半个本地人，虽生于华沙，1945年后却一直居于此地，直至辞世。我也看过那个展览，初一搭眼觉得不过尔尔，越是细瞧越觉骇人，什帕科夫斯基拾起一根线条便构建复杂的宇宙，黯黄且皱的纸上暗藏无穷无尽的视像错觉。小男孩似乎对此颇有心得，他也拾起线条，尽情表达对于几何抽象主义的表现主义式理解。

  TYC ART以北，有块天井般的空地，墙上覆盖更多涂鸦，风格五花八门，水准颇高，仿佛街头艺术博物馆，如果墙再长一点，也许可以与柏林墙"东边画廊"一决雌雄。季茨-克列科特提醒我注意：围合天井的三层或四层建筑外立面上，不同楼层之间悬出许多霓虹灯招牌。噢，我发现了"弗罗茨瓦夫火车站"，这是怎么回事儿？见我一脸迷惑，她揭开谜底：霓虹灯皆属私人收藏，皆为天井中那家酒吧的老板所有，今天晚上，沉默迪斯科舞会将借这块空地举办。沉默迪斯科？没错。头戴耳机跳迪斯科，夏夜漫漫，三个频道将播放本地DJ切换的国际音乐。

  我挪用布鲁诺·舒尔茨的语言，想象着"百褶裙一样的夜晚里藏着的明亮的口袋"，"一团巨大的，由流言、笑声和噪音组成的泥状物"——当然，噪音只在耳机里。忽然间，季茨-克列科特压低了声音，露出一脸少女才有的羞怯与紧张，她悄悄问我：你想认识那个人吗？谁？我只看见一位形容瘦削、双眼发直的老炮，正目中无人地从巷子的另一头晃荡过来。就是他，Kormorany乐队的吉他手，那可是我们波兰的传奇地下乐队，在那个变化的年代，他们通过音乐影响了波兰。

  Kormorany成军于1984年，他们的故事让我再度想起《狂浪少年摇滚梦》——几位少年不愿再忍受由被禁锢的头脑生产的"抒情诗"，开始自组乐队，创作对青春诚实的音乐。30几年一晃而过，

安东尼街与俄罗斯街之间,一条小巷中部有块天井般的空地,图中底楼涂鸦为马尔钦·哈兰德尔的作品,它遮住的大门通往著名的考默拉尼乐队日常排练的地下室。而墙上悬出的霓虹灯招牌,则属天井中那家酒吧老板的私人收藏,这块天井同样是沉默迪斯科舞会的举办场所。

作为吉他手的老炮对于语言表现出相当的迟钝,他的大脑似乎已经成为一架真正的"素食主义机器",正沉浸在植物叶片供应的无穷无尽的幻觉之中。不过,他很热情,直接,三五句话之后,邀请我钻入马尔钦·哈兰德尔的涂鸦覆盖大门的一间地下室,乐队的其余三位老炮正等着他回来排练。

当艺术领域的"形式主义"遭遇批判,它们便潜入实用领域,被日常生活所容留。如此拧巴的美学路径,普遍存在于20世纪的若干国家。我心有戚戚。而那些涂鸦,似乎力图复原人类基本的诚实,只可惜一些隐匿于过道的作品,局部已被破坏,总有人对自由充满恐惧。

  光着脚走路的打击乐手给我递来一罐啤酒,他的一只眼睛有问题,可能是打架的后果,永远直愣愣地瞪向前方。后来,他又送来一张唱片。我如葛优一般瘫入破旧的沙发,欣赏一场独一无二的专属演出。乐队中最爱说话的一位,聪明绝顶的Karbido告诉我:1980年代给予了他们最为猛烈的灵感,那个时候,音乐就是行动,行动意味着未来。而在1990年代之后,波兰变化已成,Kormorany腾出一部分精力为戏剧舞台制作音乐——剧场始终是波兰的另一处教堂。

音乐会开始。乐手们为即将在布达佩斯音乐节上演出的一支曲子，尝试多种配器与演奏方式：Karbido将吉他变成大提琴，打击乐手玩起吹奏乐器，邀我进入地下室的老炮则将瞳孔中的幻觉交付琴弦，琴弦奔涌，整个世界的颜色开始变深，质感变软，释放出足以感染所有事物的种子。这是截然不同于西欧和美国的音乐，甚至让我想起了肖邦，他们骨子里的灵魂——以弗罗茨瓦夫为背景的电影《八千万》中，渴求变化的年轻人走上街头演奏肖邦。无论肖邦还是Kormorany，都是布鲁诺·舒尔茨笔下"麻风病"的天敌——"突然，整个世界开始枯萎，阴沉了下来，很快地这场暮色的瘟疫阴险、凶狠地往四面扩张，在事物之间游走，凡是被它碰到的东西都会立刻腐烂、变黑，化为碎屑。人们带着安静的恐惧逃离黄昏，但这麻风病却出其不意追上了他们，把黑色的疹子撒到他们额头上……"——乐音的种子膨胀壮大，只需轻轻一抹，黑色的疹子已悄然不见。

通往库斯图里卡之路

贝尔格莱德

　　阿布拉莫维奇之弓

　　不是东方，也不是西方

　　浓烈黏稠的狂喜
托波拉

　　吉普赛大马戏团与超现实魔法之间

　　白兰地的仓皇主人

　　一场精心组织的混乱

杜尔文格拉多

兹拉蒂博尔
希罗戈伊诺

阿布拉莫维奇之弓

米拉提议,为什么不去喝上一杯。

为什么不呢!我们走向贝尔格莱德卡莱梅格丹要塞的高处。

如果说塞尔维亚是欧洲的十字路口——连接"地中海世界"及"平原世界"的南北轴线,与连接大西洋及亚洲腹地的东西轴线交错于此——那么,眼前这座已被改为公园的要塞,尽可被视作十字的原点。

源出德国黑森林的多瑙河自西而东,涌自斯洛文尼亚的萨瓦河由南而北,汇流于卡莱梅格丹要塞西北,后者成为前者右岸最大支流,前者聚拢后者的力量、性情与历史,继续横切欧陆,直指黑海——可以想见,19世纪铁路革命之前,这片水域不仅是欧洲河川交通网络的重要环节,更是上述两道轴线的不二结点。所以,当服务员端着拉夫啤酒和土耳其咖啡,向瞭望台上的餐饮区走来的时候,我仿佛看见凯尔特人正在他的身旁砌筑要塞,公元前4世纪的全息影像差点与他撞个满怀。他将杯盘和酒瓶摆上桌面时,罗马人已从凯尔特人手中夺下这片土地,称其为"辛迪杜罗姆",取意"水上之城",曾经有17位罗马帝国皇帝出生在今天的塞尔维亚领土之上,其中包括第一位信奉基督教的皇帝君士坦丁大帝。服务员退去,来自亚洲草原的匈奴人涌现,那是4世纪和5世纪。及至6世纪,南下的斯拉夫民族陆续定居巴尔干,塞尔维亚部族为其一支,他们在8世纪重建水边聚落,得现名,以谓"白色之城"。塞尔维亚公国初由拜占庭帝国与保加利亚王国统治,皈依东正教,创制沿用迄今的基里尔字母。12世纪后半叶,斯特凡·内马尼亚建起独立的大塞尔维亚王国,政教合一,王朝延续200年,直至1389年被奥斯曼帝国击败,复由异族统治500年。

配有软糖的土耳其咖啡,以及我们身边的18世纪建筑物,都是奥斯曼帝国留痕。虽然19世纪晚期,塞尔维亚再度独立之后,竭尽所能将贝尔格莱德城区面貌改造得更像西欧,但卡莱梅格丹要塞基本维持原状。米拉约我在共和国广场见面,我们沿着柯尼兹·米哈伊洛瓦步行街走向要塞的一路,正是时光倒叙的一路。我们从近代退回中古,斯坦波尔门、津坦门、雷奥波尔多门和卡尔六世门依然辖制着要塞的昔日格局,奥斯曼帝国的达马特·阿里·帕夏墓地仍在,不再冒出水蒸气的土耳其浴场设施亦在,尽管塞尔维亚胜利者铜像早已立于高柱顶端,专以纪念对于奥斯曼帝国(第一次巴尔干战争)与奥匈帝国(第一次世界大战)永远的战胜,然而,杯底总是沉有厚厚一层黑渣的那种极度苦涩的土耳其咖啡却依然日日流经塞尔维亚人的食道,甚至成为引以为傲的文化象征。这是一座一再被摧毁,又一再被重建的城市,史上著名战役竟逾百次。要塞总为不可征服而建,但最终记录的,却多是破城而入者的文化。这片土地的历史,让我联想起素有"行为艺术之母"之称的塞尔维亚女艺术家玛丽娜·阿布拉莫维奇的作品《潜能》:30多年前,她与恋人相对斜立,张弓引箭,箭头有毒,直指她的心脏,弓弦与箭羽却勾在他的手中。欧洲十字路口的历史处境一如玛丽娜,不同之处在于,《潜能》之箭从未离弦,现实之箭却从未虚发。

米拉曾在20世纪90年代留学中国,那段时期,"一战"之后组建,"二战"之后历经社会主义体制的南斯拉夫联邦陷入了漫长而痛苦的解体过程,先是斯洛文尼亚、克罗地亚、马其顿独立,而后是波黑战争,接下来波黑独立,然后又是科索沃战争……当米拉在复旦大学研究曹禺戏剧的时候,苏珊·桑塔格却将贝克特的《等待戈多》搬上萨拉热窝的舞台:"在信使宣布戈多先生今天不会来但明天肯定会来之后,弗拉迪米尔们和埃斯特拉贡们陷入悲惨的沉默期间,我的眼睛开始被泪水刺痛。韦利博尔也哭了。观众席鸦雀无声。唯一的声音来自剧院外面:一辆联合国装甲运兵车轰隆隆碾过那条街,还有狙击手们枪火的噼啪响。"我与米拉同校,她将同胞埃米尔·库斯图里卡导演的电影《地下》推荐给我们,那部刚刚斩获1995年戛纳电影节金棕榈奖的胶片史诗,以巴尔干式的荒诞喜剧,勾勒出南斯拉夫从1941年至1995年的曲折历史。剧中虚构出一队为抵抗纳粹而遁入地下的革命战士,他们始终被"同志"所欺骗,以为"二战"从未结束,直至半个世纪过去,当他们回到地面,眼前果然仍是一片战火,只不过,那是他们无法理解的波黑战争。对于从小看着南斯拉夫"二战"题材影视剧长大的我们来说,这是一个极为颠覆的故事,那场战争不再非黑即白,二元对立的世界观无法穷尽复杂的历史与更为复杂的人性,意识形态派生的概念更像是一场现代杂耍。

科索沃战争期间,米拉选择回国,这是一个非常典型的塞尔维亚式选择,它的内核,是一种不愿屈服的民族性。1999年,以南联盟政府拒绝执行西方国家主导的和平协议为由,美国领导的北约对南斯拉夫持续空袭78日。对于贝尔格莱德市民来说,那是远比波黑战争更残酷的体验。比残酷更残酷的是荒诞,贝克特与库斯图里卡为我们呈现的荒诞,至今仍可在空袭遗留的废墟中瞥见——抵达贝尔格莱德初日,我即遭遇震撼,15年过去,那些框架仅存的建筑,包括前政府大楼和广播电台在内,几乎原封未动,仿佛导弹刚刚来过,带着"上帝今天不来了"的讯息,就在10分钟之前。

米拉告诉我,如今,一切都结束了。2003年,连续使用70多年的国名"南斯拉夫"不复存在,意味着那个20世纪的多民族共同体走到了尽头,虽然塞尔维亚和黑山依然组成联邦,但仅3年,黑山即告独立。至2008年,科索沃单方宣布脱离塞尔维亚独立,尽管塞尔维亚并不承认,依然视其为自治州,然而联合国的军队控制着那里。一切都结束了,米拉曾经的祖国,即便不包括科索沃在内,亦已分裂为6

个共和国。今日的塞尔维亚,西面与克罗地亚、波斯尼亚和黑塞哥维那,南面与马其顿和黑山,北面与匈牙利,东面与保加利亚和罗马尼亚接壤,成为了一个不拥有任何海岸线的多山的内陆国。

石头墙上,清澈柔和的年轻人印证着莫莫的看法。他们肺活量竞赛似的,沉浸于超长时间的接吻。克尔凯郭尔断定:"大多数人在追求快乐时急得上气不接下气,以至于和快乐擦肩而过。"

米拉执教于贝尔格莱德大学,教授中国文学,这次见面前两天,她刚刚完成了莫言的红高粱家族系列小说的翻译,因为这个秋天的贝尔格莱德国际书展上,中国是主宾国,诺贝尔文学奖得主的著作自然是最值得期待的卖点。我们已经有15年未见,上一次,还是北约空袭结束之后,她作为贝尔格莱德红星足球队的中文翻译前往中国,比赛间歇,马骅带她来看我写的新戏,在巴掌大小的海德格尔咖啡馆上演的《睡吧》。其实,米拉离开复旦之后,她留给马骅的一只塞尔维亚大皮箱经常陪着我们一起喝酒,皮箱成了酒桌,陪着我们一起消磨20世纪最后几年的荒诞。

2004年,马骅在云南失踪,迄今又是10年。我们能做什么?坐下来喝上一杯之前,虽然米拉的丈夫,意大利音乐人马塞罗,很想

卡莱梅格丹要塞北部有两座小教堂,其中供奉塞尔维亚圣女的圣佩特卡教堂人流络绎不绝,这处拥有细致精妙的东正教拜占庭风格长方厅堂的精神空间,亦因地下涌出圣水闻名。在今天这个将《公正的神》作为国歌的塞尔维亚,宗教正欲回归其原本的位置。

带我去看看依托城墙改建的动物园，她却拐弯抹角将我引向要塞北部的两座小教堂。圣鲁基察教堂门前设有两尊铜雕，左侧是中古武士，右侧乃"一战"兵士，内部更有搜集自"二战"战场的弹壳制作的装饰，为巴尔干火药桶祈祷和平之意显露无疑。圣佩特卡教堂供奉塞尔维亚圣女，亦因地下涌出圣水闻名，细致精妙的东正教拜占庭风格长方厅堂内，一位女修道士正忙碌于将圣水装瓶，并示意我们，尽可自行取用杯中之物。米拉消失了一会儿，随后请来了圣佩特卡的木质圣像和十字架挂件，这是送给我的礼物；她又交予我一束细长的白蜡烛，带我前往一处专门的所在，交代清楚，何者为追思逝者，何者为生者祈福，而后一一点燃。这就是我们所能做的。

在我记忆中，米拉并非东正教徒。然而，正如1979年之后的伊朗与波兰，在今天这个将《公正的神》作为国歌的塞尔维亚，宗教正欲回归其原本的位置。尤其是在一次又一次"等待戈多"之后，虽然有人选择了绝对的虚无，但也有人选择将自己交还给唯一的神。

塞尔维亚的历史，不像长篇小说，倒像短篇故事合集，故事之间彼此牵绊，却又尽可独立成篇，而且越写越短，节奏切换越来越快，就跟夜店青年打碟似的。我相信，大多数人第一次来到这个国家，都会被那些短篇故事搅得头昏眼花。不过，身处其中的贝尔格莱德人，却似乎总有办法淡然处之。

黄昏时分，卡莱梅格丹要塞就像一块电磁铁，被夕光接通了能量，将贝尔格莱德的人流缓缓吸来。虽然城门之间堆有坦克和大炮，提示着短篇故事的永恒主题，然而，故事的主角却是来享受时间

通往库斯图里卡之路 | 121

卡莱梅格丹要塞一再毁于战火,历史上的失败者只留下残垣断壁,而今日依然矗立的城墙上,却是年轻人消磨黄昏的最好去处,甚至印证了莫莫·卡普尔借由《塞尔维亚人精神世界指南》一书表达的观点:"时间不是金钱。"莫莫认为,每一个塞尔维亚人都拥有比足够更多的时间。

的——"时间不是金钱",莫莫·卡普尔借由《塞尔维亚人精神世界指南》一书表达出这样的观点,他甚至认为,每一个塞尔维亚人都拥有比足够更多的时间,而正是这丰富的时间,构成了生活质量之根本。

　　石头墙上,清澈柔和的年轻人印证着莫莫的看法。他们肺活量

竞赛似的,沉浸于超长时间的接吻。克尔凯郭尔断定:"大多数人在追求快乐时急得上气不接下气,以至于和快乐擦肩而过。"他们却不,时间的每一丝褶皱都被舌尖自如收放。陌上花开,可缓缓归矣。他们没有自己的公寓,但拥有夜幕渐合的天地。

不是东方，也不是西方

苏黎世飞往贝尔格莱德的航班上，我不仅是唯一的中国乘客，更是唯一的亚洲乘客。我中奖了吗？圆滚滚的肚子和彪悍的塞尔维亚语环绕四周。有位老汉，为了取悦一个陌生的孩子，开始拍手唱歌，冷漠的安全带束缚了他忘情的舞步。飞机平安降落时，机舱中爆发出掌声的闷响，先是独奏，而后合奏。有人低头划起十字。

"在地理学意义上，这里既不是东方也不是西方，因为地球是圆的。"克罗地亚诗人奥古斯丁·汀·乌耶维奇的话语，指向他当时所置身的20世纪上半叶的南斯拉夫。实际上，类似的表述早在13世纪即已产生，塞尔维亚东正教奠基人、中世纪塞尔维亚王国创始者斯特凡·内马尼亚的儿子圣萨瓦，曾经留下这样的文字："我们开始时都很困惑，东方确认我们属于西方，而西方却认定我们属于东方，我们中的一部分人看不清自己在这场冲突中的位置，哭泣着认为自己无所归属，另一部分人却坚信自己只属于冲突的某一方，相信我，我们被命运主宰，注定是东方中的西方和西方中的东方。"然而，圣萨瓦没有想到，自己的遗体竟会在日后成为东西民族与宗教冲突的象征之物——16世纪末期，奥斯曼帝国统治时代，原本收纳于塞尔维亚西南部米雷谢瓦修道院内的圣萨瓦尸骨，被运往贝尔格莱德的弗拉查尔高地，当着不愿臣服的塞尔维亚百姓之面付之一炬。3个世纪之后，焚骨之处矗立起圣萨瓦大教堂——塞尔维亚东正教的中心教堂,也是全世界规模最大的东正教堂。不过,近百年来,这座教堂依旧屡遭磨难,不时被战火殃及,又被另一场战火殃及复建,即便今日,它那宏伟的内部仍是一处工地,但坚持"我就是我"的塞尔维亚人丝毫不以为意,水泥地面与脚手架丝毫无碍于神圣的沟通。

机场至市区的一路,让我有些恍惚,仿佛坐在30年前的硬板凳上,收看黑白电视机里的南斯拉夫电影。司机有着游击队员的好身手,手动档就是他的卡宾枪,为了击败"纳粹鬼子"针对自动收票机设计的陡坡,他号令汽车猛冲又回溜,直至恰到好处,投入纸票仿佛掷出一枚手榴弹。而后,我的面前徐徐展出一个平坦的世界,潘诺尼亚平原与巴尔干半岛相遇之处春暖花开,田野新绿,两车道的公路上奔走着一辆又一辆"二战"电影里驶出的小型座驾,虽然多数锈迹斑斑,好似汽车坟墓里偷偷溜出来的幽灵,但那一道道骨感的线条,却比任何新款流水线捏出的玩意更神采奕奕,一副副我行我素的派头,沉浸在斯拉夫式的内在世界中。

我落宿于新城,玻璃幕墙的五星级酒店与破败的平房隔街相对,尽管那是一条中央设有停车场的宽街。撂下行李,步行去老城。一座绿色的铁桥——旧萨瓦桥——将我引向贝尔格莱德丘陵起伏的心脏地带。桥面深嵌电车轨道,每有车来,桥身的铁板即剧烈共振,不仅隆隆作响,而且激动颤抖,仿佛刚刚吞下一杯波格萨李子酿制的白兰地……这是一处体验粗犷豪迈的所在,桥板拼接处的缝隙,足以让小资产阶级的大个儿韩国手机跌入萨瓦河中。

绿色的旧萨瓦桥东岸的那一片区域，可谓后科索沃战争时代的主题乐园，它属于塞尔维亚的年轻人。一座座外表颓败的建筑——它们甚至是再上一次战争的受害者——驻留着一家家内心时髦的夜店。而在临街的墙上，涂鸦艺术家们有话要说，他们不想放过这片区域的任何一块墙壁，许多作品表达着内在或外在的冲突与矛盾之感。如果追根溯源，这种困惑，以及塞尔维亚的历史命运，却与这片土地上的居民对于自身身份的定位有关，涉及地理与心理的双重层面。"在地理学意义上，这里既不是东方也不是西方，因为地球是圆的。"克罗地亚诗人奥古斯丁·汀·乌耶维奇的话语，指向他当时所置身的20世纪上半叶的南斯拉夫。实际上，类似的表述早在13世纪即已产生，塞尔维亚东正教奠基人、中世纪塞尔维亚王国创始者斯特凡·内马尼亚的儿子圣萨瓦，曾经留下这样的文字："我们开始时都很困惑，东方确认我们属于西方，而西方却认定我们属于东方，我们中的一部分人看不清自己在这场冲突中的位置，哭泣着认为自己无所归属，另一部分人却坚信自己只属于冲突的某一方，相信我，我们被命运主宰，注定是东方中的西方和西方中的东方。"《孤独星球》旅行指南曾将贝尔格莱德评为全球最佳夜生活城市之首，也许看中的就是这座城市的心理分裂所产生的疯狂张力。

有轨电车的工业金属乐气息一路伴我来到东岸。我从没见过这么酷的首都。下桥右转,便是后科索沃战争时代的主题乐园,它属于塞尔维亚的年轻人。一座座外表颓败的建筑——它们甚至是再上一次战争的受害者——驻留着一家家内心时髦的夜店。当然,在这里,时髦一词的含义与在西欧略有差异,必须删除其光鲜的外表与刻意的设计,而是尽力维持原样,也就是说,尽力维持剥蚀的立面与黑洞洞的窗口,哪怕曾经的新古典主义豪华建筑只剩框架,浮雕早已被磨损或敲落——如果仅以庸常目光视之,它们不过就是一群西欧建筑的穷困亲戚,然而,正是这样一群窘迫的亲戚,却使贝尔格莱德成为了《孤独星球》旅行指南眼中的全球最佳夜生活城市之首,那是2012年的一份榜单。乐园里也有名为MH的巨大创意店铺,旧日仓库改造而成,剧场似的,陈设巴尔干年轻设计师的全球化作品,从服装到首饰到自行车,走进这里,你会觉得自己在柏林或纽约,到处弥漫着《单片眼镜》杂志青睐的那种气息。据说,贝尔格莱德日后最好的艺术中心也即将在附近开张,但那幢建筑,目前还像是一座被战斧式巡航导弹命中的废墟。

贝尔格莱德的跳蚤市场与日内瓦的远非同一概念,后者是一个商品价格高昂的古董市场,而前者,更贴近美国酒鬼诗人查尔斯·布考斯基描述的那种"低处生活"。

名为MH的创意店铺，由一片废墟中的旧日仓库改造而成，陈设巴尔干年轻设计师的全球化作品，从服装到首饰到自行车。走进这里，你会觉得自己在柏林或纽约，到处弥漫着《单片眼镜》杂志青睐的那种气息。

涂鸦艺术家们有话要说，他们不想放过这片区域的任何一块墙壁。我见到几幅巨大的黑白作品，覆盖着整幢建筑的侧面，他们的艺术观念，更接近于毕加索而非巴斯奎特，如果与伦敦的班克斯那位著名的同行相比，贝尔格莱德的一些作品更富于稚趣。

　　不知不觉，我走到了火车站。米兰·昆德拉要是跟我一起来就好了。我们可以一起沿着单轨铁路线寻找"慢"的现代版本。他曾经感慨："慢的乐趣怎么失传了呢？啊，古时候闲荡的人到哪儿去啦？民歌小调中的游手好闲的英雄，这些漫游各地磨坊，在露天过夜的流浪汉，都到哪儿去啦？他们随着乡间小道、草原、林间空地和大自然一起消失了吗？"而在这个国家，无论是北部的伏伊伏丁那，中部的贝尔格莱德，还是西南部的兹拉蒂博尔，慢的乐趣似乎从未失传。我之所以希望米兰·昆德拉能够同游铁路沿线，是因为塞尔维亚七成以上列车的时速不超过80公里，也就是说，全球各地"时间就是金钱"的信奉者将对此难以忍受。不过，既然米兰·昆德拉很忙，我就掉头向北，沿着卡拉焦尔杰瓦街，回到正对旧萨瓦桥的一座长满荒草的小公园，从晒太阳的人群中挤出一条肉缝，斜穿过公园，走上一道向东的斜坡。

　　这道斜坡又让我联想起南斯拉夫电影，游击队员是几位撂地摊的老汉。他们将旧衣、旧鞋、旧书、旧画、旧烛台、旧轮胎、旧铁皮圣像、旧玻璃器皿一股脑地倾泻在人行台阶外侧的土耳其式石头路面上，临时开设出一个个伦敦诺丁山风格的露天杂货店。莫莫·卡普尔说，贝尔格莱德几乎没有固定地址的跳蚤市场，因为类似中国城管的机构一直在驱逐他们。所以,这里的跳蚤市场天然隶属于神出鬼没的游击战,而且一度极为兴盛,原因在于,"二战"之后,中产阶级逐步被剥夺至贫困线下,他们不得不将所有并非"必需"的物品私下出售以补贴家用,卖光了"奢侈品",便轮到真正的"必需品"。所以,贝尔格莱德的跳蚤市场与日内瓦的远非同一概念,后者是一个商品价格高昂的古董市场,而前者,更贴近美国酒鬼诗人查尔斯·布考斯基描述的那种"低处生活"。

坦率地说,游击队员的地摊间,陈列的塞尔维亚生活艺术简史,激起了我的浓烈兴趣。然而,他们却力图维持社会主义时期内外有别的价格体系。于是,忽然之间,一种不愉快的记忆攫住了我。我放下手里的东西,打算回头再说。

斜坡高处,有一座奥斯曼风格的菜市场,头戴漂亮的彩色尖顶,以极为低廉的价格出售本地物产,并以极为昂贵的价格出售进口水果。我在菜市场门口,望见马路对面有一处热闹所在,仿佛塞尔维亚的星巴克。然而,走近一看,竟是麦当劳,但以"脸书"式的热忱肩负着星巴克的社交功能。莫莫·卡普兰推断,麦当劳这种来自美国的快餐,迟早会参与到影响塞尔维亚饮食的历史进程中,就像那些欧亚国家曾经做到的一样——塞尔维亚烹饪以烧烤见长,其中若干种方式源出阿拉伯半岛,但烤肠来自土耳其,如果进一步追根溯源,则是波斯;一种熏火腿是意大利帕尔玛火腿的近亲,只不过塞尔维亚人不喜欢将它与蜜瓜搭配在一起;这里传承着希腊烤羊肉的方式,以及西班牙和意大利的猪肉烧烤的方式;噢,其实美国的影响已经产生了，塞尔维亚人视若珍宝的豆子不就是从那里漂来的嘛……

我拐上时装周天桥似的瓦萨·佩拉吉奇大街，这条被冠以乌托邦社会主义者之名的交通干道两侧，模特身材的帅哥美女多得超乎想象。我在大街南侧，贝尔格莱德丘陵地带的高处，找到一片开着白花的草坡，草坡左侧是一座有着绿色屋顶的漂亮酒店，右侧则是BOOM BOOM BAR——这家酒吧的名字有多重涵义，无论雷鸣、炮隆、鼓喧、浪涌还是蜂嗡，都很贝尔格莱德。

不知为什么，我与这家酒吧一见如故。后来才发现，是因为它就像希腊-罗马露天剧场的某个局部：沿着草坡，摆出几张长桌，阶梯状向下，观众俯瞰的剧目是永恒的萨瓦河，斜拉吊索的加泽拉桥跨越其上，主题自是时间，是流逝。

我想进入酒吧的室内部分，点杯喝的。坐在墙角的一位美女笑吟吟地站了起来：没有室内，告诉我就成了。哦，这简直是……太贝尔格莱德了！她与同伴落座的简易转角长椅，实际上就是仓库里捡来的木板托架，桌子则是漆成绿色的木箱。在这里，你会觉得装饰真的是多余的，只要啤酒瓶与咖啡杯闪闪发亮就好。

还有一家非常贝尔格莱德的去处，叫作问号咖啡店。先后有两位朋友带我去混过那里，一位是米拉，另一位是黄佳黛，她曾是英国驻上海领事馆文化教育处的艺术项目负责人，目前选择驻留塞尔维亚。问号咖啡店位于贝尔格莱德的一条灵魂轴线——佩塔尔国王大街左近。这条被扔在城市脊背上的马鞍状大街将汇流前的萨瓦

BOOM BOOM BAR位于瓦萨·佩拉吉奇大街南侧,贝尔格莱德丘陵地带的高处。这家酒吧拒绝设置室内部分,它的所有设施都在户外:沿着开有白花的草坡摆出几张长桌,阶梯状向下。酒吧的布局类似于希腊－罗马露天剧场,观众俯瞰的剧目是永恒的萨瓦河,戏剧的主题是时间,是流逝。在这里,你会觉得装饰是多余的,只要啤酒瓶与咖啡杯闪闪发亮就好。

河与汇流后的多瑙河连为一体,进而被诗意地认为沟通着两种欧洲文明。实际上,这条街道本身也蕴藏有非常多样的文化元素,诸教并存,移民混杂,素有小巴比伦之称,而佩塔尔一世(另译彼得一世,1844—1921),则将约翰·斯图尔特·密尔的《论自由》翻译成了塞尔维亚语。问号咖啡店的有趣之处,也与文化矿脉有关,它与一座建于1840年的大教堂为邻,初时即以教堂咖啡为名,神父却

自重知识产权,坚决令其改名,店主苦思良久,再也选不出合适的替代者,干脆把一个问号挂上招牌,抗议似的直至今日。

佩塔尔国王大街连通的萨瓦河东岸,最后一座横跨萨瓦河的桥梁——"友谊与团结桥"以北,有一片亲水的长条地带,已被改造为更具国际化风格的餐饮区域。在那里,可以品尝到以塞尔维亚食材制作的异国风味,餐厅酒吧里的年轻人也更为光鲜,看起来更接近西欧的同龄人。而就在河的对岸,晒太阳的人摊开的花布上,仍是传统野餐篮的世界。

问号咖啡店位于贝尔格莱德的一条灵魂轴线——佩塔尔国王大街左近,与一座建于1840年的大教堂为邻,初时即以教堂咖啡为名,神父令其改名,店主干脆把一个问号挂上招牌,抗议似的直至今日。

浓烈黏稠的狂喜

莫莫·卡普尔勾勒的《塞尔维亚人精神世界指南》,其实着墨甚多于生活方式层面。而同为塞尔维亚作家的米洛拉德·帕维奇出版于1984年的小说《哈扎尔辞典》,却可以成为艺术幻想层面的塞尔维亚人精神世界指南。那部扑朔迷离的作品，貌似讲述哈扎尔这个民族在中世纪突然消失之谜，实为以辞典的形式呈现"欧洲的十字路口"之文化内核。

塞尔维亚纸币上印有被通俗文化称为"科学超人"的尼古拉·特斯拉的头像，这位"创造了20世纪"的塞尔维亚裔美籍科学家不仅被今人拿来与达·芬奇相提并论，更代表着人类精神世界中的无限疆域。他是1 000多项专利的发明人，其中包括交流电与无线电，他是尼亚加拉水电站的设计者，他能够制造闪电和地震，还拥有造福全人类免费使用能源的三大计划——全球无线电通信计划、全球电力输送计划和美国国家防御盾牌网计划——以及与之配套的完整实验规划和落实方向，并设想出三大计划的基地建起之后，包括电视、电脑、网络、手机、人造卫星在内种种实现四海一家的技术手段。他被怀疑为通古斯大爆炸的制造者，因为他针对三大计划而实验的无线传输电力方式，至少超越"理论科学界"50年。正是依据这种方式，美国军方才可以在今天从地球上点亮位于月球的60瓦灯泡；而如果特斯拉活着，他也许已经有办法照亮整个月球。

贝尔格莱德设有尼古拉·特斯拉博物馆，但几乎没有任何科研数据资料，因为这位本来可以凭借交流电专利成为全球首富的科学家，一生反对商业化——他的全人类共享能源理论，与资本家利益产生了根本冲突，以空气为能量导体的无线传输电力理论一旦实现，足以令发电厂倒闭——早年被爱迪生剥削，晚年则穷困潦倒；辞世后，大部分研究资料佚失，以至于今天世界上最大的室内发电机仅能产生稳定的600万伏特电力。而在100年前，自称"我常常分开原子而不需要消耗任何能量"的特斯拉，轻松就能达成一亿伏特。

尼古拉·特斯拉出生于东正教神职人员家庭，虽然他拒绝承袭这一人生轨迹，却终其一生怀有堪比圣徒的伟大情感，所有智慧皆汇聚于此，指向整个人类的福祉。

一天傍晚，黄佳黛陪我前往文化中心，观看贝尔格莱德艺术家的多媒体作品展览。这是塞尔维亚人精神世界的又一领域。玛丽娜·阿布拉莫维奇是其中的传奇，她的前半生像特斯拉，目前像爱迪生——当代艺术家很容易走入这样的终局，对他们来说，宗教情怀不可能再成为能量的导体。

我们又试图在时间中后退，去了"贝尔格莱德的蒙马特"——斯卡达利亚。那一片卵石铺地的老城区距离国家剧院不远，因地势低洼，春秋多雨时，极易积水潮湿。19世纪，先是不成功的演员搬了过去，而后是诗人和作家；再后来，今日塞尔维亚教科书中的大多数文学人物都曾出现在那里。他们活着的时候，虽然写出了不错的东西，但钱和爱情都是借来的，那块黑暗的地方很适合他们，因为当时没有任何超过一层楼的建筑，喝醉之后，根本不必担心从楼梯上摔下去之类的事情。斯卡达利亚一度兴盛，但在20世纪50年代重返破败。1970年代，时常在三顶帽子咖啡馆碰面的一些艺术家，决定激活昔日的波西米亚社区。有位建筑师说服了市政当局，先将这里辟作步行街，而后，一切都向着另一个方向发展了——我看到的斯卡达利亚，其实已经与真正的波西

从《哈扎尔辞典》到尼古拉·特斯拉再到玛丽娜·阿布拉莫维奇,塞尔维亚人的精神世界时常让人感到扑朔迷离,那个世界通常拥有简朴的外表,却通往难以预测的深渊或圣徒的情怀。

米亚关系甚微。到处都热热闹闹，美女们在门口招揽游客拐进她工作的餐厅，每家餐厅都是一场嘉年华，能干的乐手在塞尔维亚民间舞曲和奥匈帝国华尔兹之间自由切换。的确，聪明的教师如果想要透彻地讲解何为浪漫主义，他依然可以把课堂移至三顶帽子咖啡馆，给设身处地的学生点上啤酒，然后开始嗨啵，只不过，今天的浪漫主义更意味着一种消费。

贝尔格莱德的餐厅，有些是用来吃饭的，有些是用来致幻的——至此，我不得不总结一下——比如，黄佳黛曾率我跨入一家名为"瓦尔特保卫萨拉热窝"的餐厅，我以为可以致幻，回到哈·克尔瓦瓦茨为所有社会主义国家的孩子导演的那个童年时代，结果，它却是一家实实惠惠吃饭的地儿，塞尔维亚大叔呆坐在里面盯着电视屏幕，足球场上的瓦尔特保卫实实惠惠的生活；而当塞尔维亚旅游局的阿内塔女士约我前往位于泽蒙的一家餐厅，我以为那不过是个品尝淡水鱼的地儿，没承想却坠入幻觉，仿佛误闯库斯图里卡电影的拍摄现场，一不留神，已是入戏颇深的演员。

泽蒙位于贝尔格莱德西北，萨瓦河左岸，多瑙河右岸，曾为奥匈帝国属地，居民至今以此为傲，即便世事艰难，优雅与文明也要尽力写在脸上。泽蒙一带多有天鹅，沿岸列出无数烹饪传统美食的餐厅，就近取材，鱼酒鲜肥。阿内塔选的这家餐厅，初看很像画廊，到处都是生趣盎然的新表现主义人像。餐厅一角，设有表演空间，刚好塞满一支五人乐队：主唱消瘦锋利，仿佛刚从莫迪里阿尼的图画中转将出的黑发女神；手风琴手是位老汉，晃动着稀疏银发扎成的小

泽蒙位于贝尔格莱德西北,萨瓦河左岸,多瑙河右岸,曾为奥匈帝国属地,居民至今以此为傲,即便世事艰难,优雅与文明也要尽力写在脸上。

辫,赐予忧伤欢乐,赐予欢乐忧伤;主音吉他手学唱歌剧出身,他与贝斯手兼任歌手,鼓手不甘寂寞,有时也哼上几句……

 今日塞尔维亚教科书中的大多数文学人物都曾出现在那里。他们活着的时候,虽然写出了不错的东西,但钱和爱情都是借来的,那块黑暗的地方很适合他们,因为当时没有任何超过一层楼的建筑,喝醉之后,根本不必担心从楼梯上摔下去之类的事情。

  莫迪里阿尼的女神刚一开口,餐厅旋即沸腾,仿佛这是《地下》中的婚礼场面。年轻人撂下刀叉,站起身来摇摆,祖父祖母们搂在一起,向着飞驰的节奏挪动慢步。左近一桌,两男两女迅速与我打成一片,一对塞尔维亚人,一对意大利人,我们一起加入愈演愈烈的狂欢,塞尔维亚老汉热情好客,不停地命令侍者为我送上各式各样的乡村白兰地,李子的,蜂蜜的,黄桃的,然后又将年轻的女伴推入我的怀里,成为临时的舞伴,意大利人也是如此……我迅速切入一种非常塞尔维亚的精神状态,库斯图里卡的电影对此有极为精准的呈现,那是一股浓烈黏稠的狂喜,以空气及音乐为能量导体,彼此传染并不断加剧。我与在场的所有人一样,试图摆脱尼古拉·特斯拉钟爱的地心引力——他断定,地球上真正取之不尽的能量蕴藏于此——黑

泽蒙露天市场中的古董摊位,在这里,可以找到土耳其鞋履式样的铜质烟灰缸,也可以发现印有西里尔发明的格拉哥里字母的啤酒开瓶器。

发女神与她的朋友们创造的音乐则是地心引力原理的反向应用,尤其当她唱起那个曾经连续使用80多年,但今日不复存在的国名"南斯拉夫"的时候,现场的情感温度迅速蹿升至沸点。

合唱间隙,塞尔维亚老汉挤着眼睛对我说,他想念社会主义,随后恳求乐队演奏前苏联歌曲。哦,他可真是一位朋克,骨子里的朋克。与这样的贝尔格莱德人相比,那些西欧和美国的朋克乐队不过就是视觉系。

吉普赛大马戏团与超现实魔法之间

"假如你从未看过他的影片,那就设想一下某种介于吉普赛大马戏团与超现实魔法之间的东西。"

我同意法国导演洛朗·蒂拉尔的看法,埃米尔·库斯图里卡的《地下》予我的感受大体如此。那是我初次接触的这位前南斯拉夫导演的作品,仅就艺术形式而言,库斯图里卡甚至与费德里科·费里尼相去未远——的确,他们的故乡相去未远,萨拉热窝与意大利里米尼之间,仅隔有狭长的亚得里亚海,故乡即语言,即创作意识的起点。不过,库斯图里卡的电影苦味更重——钻入吉普赛大马戏团和超现实魔法的迷雾,一个巴尔干版本的《等待戈多》正在深处等着观众,那是一辆决意驶往斯拉夫精神的汽车,油缸里注满当地水果酿制的白兰地,所有的希望与绝望,皆被酒神的一脚油门转译为狂欢。依照我的理解,对于历史上至少经历过50次战争(请注意,不是战役)的地区来说,狂欢正是纪律,生存的纪律。所以,库斯图里卡的电影才会成为"一场精心组织的混乱,深受神秘的狂野之气驱使"。狂欢不同于东正教,它是个体与未知之间无需中介的祷告,饱含诗意且不可预测,诗意何去何从,取决于炸弹般的机缘,有时定时,有时不定时,有人借此阐释斯拉夫精神:每一次狂欢都是对于荒诞命运的美学解答,拥有平行宇宙般的逻辑、动力、演变和未来。

其实，说出上述晦涩之语的，正是我自己，那是我在贝尔格莱德厮混数日之后得出的结论，也许确实喝大了。不过，我真的很想看一看，库斯图里卡如何在银幕之外组织一场现实的混乱，我是指杜尔文格拉多（Drvengrad），亦称"木头村"。那是他在塞尔维亚西南部的莫克拉山（Mokra Gora）占据的花果山水帘洞，凭借一座传统村庄改建而成，他的故乡——萨拉热窝——今日所属的波斯尼亚和黑塞哥维那的国境线近在咫尺。

我查阅了一番资料，那块艺术飞地不通火车，以下描述也打消了我搭乘长途公车的念头，因为签证恩准的滞留日期实在有限——"高速和半高速公路只占公路总长9%，大部分公路干线破旧，多是在南斯拉夫时代修建……占总公路长度的24%的路段经过城市街道，时速难以提高。"我决定租一辆汽车，向巴尔干酒神学习，以油门控制驶往斯拉夫精神的时间。塞尔维亚朋友帮我规划了行程路线，他们建议我切勿直奔主题，不妨先去看看昔日塞尔维亚王室居住的托波拉（Topola），再去看看兹拉蒂博尔（Zlatibor）至希罗戈伊诺（Sirogojno）沿途的喀斯特溶洞和露天民俗博物馆，当然，那一路上穿插着无数塞尔维亚乡野风光。为什么不呢？我感谢如此安排，这就好比为了听一场歌剧，先去意大利逛上一圈，"大旅行"时代的英国贵族正是通过类似方式理解欧洲文明的，中国古代的进京赶考者也正是借由长途跋涉，践行着从刘彝到董其昌的那些关于书与路的教诲。

亚塞尼察河流域的托波拉，位于贝尔格莱德以南约100公里处。

那条河流是大摩拉瓦河的支流，而后者又是多瑙河的支流，多瑙河将巴尔干半岛与欧洲腹地的文明连接在一起，就像一柄理解塞尔维亚古代历史的钥匙。而托波拉的欧普莱纳克山，则是另一把钥匙，指向塞尔维亚现代历史的锁孔。

2005年，互联网上流传着一则"塞尔维亚王储"的征婚启事，声称3名王子"年轻、英俊，受过最顶级的教育，充满魅力，富有幽默感，脸上经常挂着阳光般的笑容"，他们是"欧洲最古老王室之一的后裔，但毫无架子，而是像普通人一样滑雪、上网、跳舞和煮饭"，他们的妻子，将获得塞尔维亚王妃的封衔……启事的主角，正是卡拉乔尔杰维奇王朝的后裔。他们的先祖佩塔尔一世，便是曾将约翰·斯图尔特·密尔的《论自由》译为塞尔维亚语，并将"自由"的实践，理解为颇具巴尔干色彩的国家民族主义的君主。1918年，佩塔尔一世成为并非同文同种的塞尔维亚人、克罗地亚人和斯洛文尼亚人王国的首任国王，被视作南斯拉夫的开国元勋。其继任者分别为亚历山大一世和佩塔尔二世。1941年，佩塔尔二世因战争爆发而率王室流亡英国。1945年，以铁托为首的南斯拉夫共产党通过宪法，取消君主制，禁止王室归国。直至2000年，米洛舍维奇政权倒台之后，出生于伦敦的亚历山大二世，亦即卡拉乔尔杰维奇王子，才初次踏上贝尔格莱德的土地，尽管塞尔维亚东正教主教帕维勒呼吁恢复君主制，塞尔维亚复兴运动党亦声称支持，但饱受破碎政治与凶残争斗折磨的民众却并无热情，其成功的可能性微乎其微。而且，作为征婚启事主角的亚历山大二世之子，皆出生于美国,从未掌握母语。

卡拉乔尔杰维奇王朝所代表的源于"上层"的国家民族主义,与以铁托为首的南斯拉夫共产党所代表的源于"基层"的大众民族主义,更迭嬗变,交织出塞尔维亚现代历史的主线。库斯图里卡的电影《地下》即以其为时代底色,先于故事已获取强烈共鸣,尤其是在那些大众民族主义亦曾泛滥的国家。托波拉的欧普莱纳克山是王室庄园的一部分,卡拉乔尔杰维奇王朝在那里留下了一幅由圣乔治教堂、王室陵寝、王室住宅、王室博物馆和王室葡萄园拼贴而成的前社会主义时期的镶嵌画。

狂欢不同于东正教,它是个体与未知之间无需中介的祷告,饱含诗意且不可预测,诗意何去何从,取决于炸弹般的机缘,有时定时,有时不定时,有人借此阐释斯拉夫精神:每一次狂欢都是对于荒诞命运的美学解答,拥有平行宇宙般的逻辑、动力、演变和未来。

圣乔治教堂位于欧普莱纳克山顶部,巍峨壮观,洁白耀眼。这座东正教堂的内部,设有拜占庭风格的长方形廊柱大厅、十字圆顶及三面半圆顶,其门窗、廊柱、壁障、祭坛,皆为雕塑珍品,圆顶及环壁通体镶嵌马赛克,画面或是栩栩如生的宗教形象,或是细

圣乔治教堂巍峨壮观，洁白耀眼。它曾经是卡拉乔尔杰维奇王朝的王室教堂。亚塞尼察河流域的托波拉，位于贝尔格莱德以南约100公里处。那条河流是大摩拉瓦河的支流，而后者又是多瑙河的支流，多瑙河将巴尔干半岛与欧洲腹地的文明连接在一起，就像一柄理解塞尔维亚古代历史的钥匙。而托波拉的欧普莱纳克山，则是另一把钥匙，指向塞尔维亚现代历史的锁孔。卡拉乔尔杰维奇王朝的佩塔尔一世，便是曾将约翰·斯图尔特·密尔的《论自由》译为塞尔维亚语，并将"自由"的实践，理解为颇具巴尔干色彩的国家民族主义的君主。1918年，佩塔尔一世成为并非同文同种的塞尔维亚人、克罗地亚人和斯洛文尼亚人王国的首任国王，被视作南斯拉夫的开国元勋。其继任者分别为亚历山大一世和佩塔尔二世。1941年，佩塔尔二世因战争爆发而率王室流亡英国。1945年，以铁托为首的南斯拉夫共产党通过宪法，取消君主制，禁止王室归国。直至2000年，米洛舍维奇政权倒台之后，出生于伦敦的亚历山大二世，亦即卡拉乔尔杰维奇王子，才初次踏上贝尔格莱德的土地。我曾在伦敦落宿于亚历山大二世诞生的克莱瑞琪酒店（Claridge's Hotel），我的房间与那个套房就在同一层——1945年7月17日，英国首相温斯顿·丘吉尔宣布这家酒店的212套房在当天属于南斯拉夫领土，并请人在床下铺上南斯拉夫的泥土，因为流亡英国的南斯拉夫王子亚历山大二世在这一天诞生，按照其王室的惯例，如果他未能出生在自己的国土之上，将被剥夺王国的继承权。

位于托波拉普莱欧克纳山顶部的圣乔治教堂,内部设有拜占庭风格的长方形廊柱大厅、十字圆顶及三面半圆顶,其门窗、廊柱、壁障、祭坛,皆为雕塑珍品,圆顶及环壁通体镶嵌马赛克,画面或是栩栩如生的宗教形象,或是细致绝妙的万象花纹。

致绝妙的万象花纹，辉煌浩淼虽未如意大利拉文纳的东罗马帝都旧物，却胜在严峻而神秘的气息，颇富震慑效果。教堂底层便是陵寝，那些半透明的大理石，就像是睡不着的国王与主教瞪圆的眼睛。我想在教堂内部拍照，墙头却悬有禁止的标示。但我还想试试，就去征询守门人的意见。她表示同意，而且坚持同意。我指指标示，她干脆遁入龟壳般的办公室。这是一个多么库斯图里卡式的"基层"情节！

连接教堂正门的道路，另一端指向王室博物馆。我在它的门前疑惑了片刻，因为那不过就是一幢毫不起眼的平房。推门步入室内，几个房间的玻璃柜中陈设着并不算丰富的藏品，其中包括不再有可能戴在那些网络应征者头上的王后金冠。坦率地说，它是我目前造访过的最简朴的一座王室博物馆。而置身山腰，与一处小礼拜堂为伴的塞尔维亚民俗博物馆也大体如此，规模有限，藏品多出于农舍，出于日常，罕有出人意料的物事，除了一件被称为Gusle的古怪乐器——它让我联想起阿炳的二胡，尽管二者造型毫无相似之处，但Gusle的演奏者亦为盲人，难道这便是民间弦乐大师的不二宿命？

两座博物馆展示的器物世界，可以被视作构建塞尔维亚民族意识的砖石。而我在贝尔格莱德泽蒙的旧货市场上，无意中拣出的一只啤酒瓶起子，其铜质的浮雕头像，却指向源自19世纪的塞尔维亚民族复兴运动之灵魂——武克·斯特凡诺维奇·卡拉季奇（1787—1864）。正是这位先驱，在改革塞尔维亚人使用的古斯拉夫语的基础上，创造出一种泽被后世的表音文字，并以其出版《圣经》、《塞尔维亚语词典》、《塞尔维亚民间口语语法》以及自己编写的历史著作与民间文学作品。武克主张将语言而非宗教作为民族划分的依据，将塞尔维亚人视作南部斯拉夫民族共同体中单独存在的一个民族，这使得塞尔维亚人的民族意识逾越了东正教的传统界限而推向欧洲，焕发出进取性的凝聚力，推动了现代塞尔维亚民族的形成。

不过，在焕发民族凝聚力方面，塞尔维亚美食肯定也发挥了不小的作用——这是我在山下的VOZD餐厅得出的结论。这家拥有花园和王室主题装饰品的别墅餐厅，以供应新鲜的本地鱼类著称。塞尔维亚盛产包括鲤鱼、鲈鱼、鲶鱼、鳟鱼、小鲟鱼和梭子鱼在内的160余种无污染淡水鱼类，多以传统的方式捕捞，讲究的餐厅甚至会以雷司令清洗鱼肉。无论是杂鱼汤，还是名为猎人汤的肉汤，抑或入口即化的鲶鱼和鲜嫩至粉红的牛排，都让我这位异乡人的味蕾触碰到一种叫作民族自豪感的调料，那也是一抹后天习得的微笑，荡漾在餐厅女主人的脸上。

乌日策以南的兹拉蒂博尔山,海拔超千米,植被丰茂,牧场肥美。山区出产的优质食材,充任着传统风格美食的捍卫者。也许是因为当地历来肉食丰富,餐厅中每道菜的原料分量,如果交给西欧餐厅,足以烹出三份。

白兰地的仓皇主人

托波拉至兹拉蒂博尔一途,前半程尽是迷人的乡间公路,粉红的桃花与白色的李子花促其绚烂如梦。有些路段,许是车迹稀薄,竟有人迎向路面支出篮球框架,车道便是赛场——自从基督教救世

军成员威廉·威兰德在1924年将第一只篮球携至塞尔维亚，这项天然适合高个子的运动旋即落地生根，成为天然认为自己个子高的塞尔维亚人之"国技"，前南斯拉夫时期，其国家队更被唤作欧洲"梦之队"。

　　后半程，转入大路之后，途经西摩拉瓦河沿岸的乌日策

(Uzice)——连接塞尔维亚首都贝尔格莱德、黑山首都波德戈里察以及波斯尼亚和黑塞哥维那首都萨拉热窝的交通要冲。它的险要地位,经由车窗外扑闪而过的斯塔里·格拉多悬崖要塞可见一斑,那是一座哥特类电影的青睐之物,中世纪即已建造,直至1863年,塞尔维亚民族复兴运动逼迫奥斯曼土耳其军队撤离此地,历史使命方告结束。

乌日策以南的兹拉蒂博尔山,海拔超千米,植被丰茂,牧场肥美,溪涧纵横,泉水清冽,是一处著名的疗养胜地。塞尔维亚为欧洲原生植物最丰富的地区之一,约存有2 500个本地原生品种,而兹拉蒂博尔山则属中部主要林区,不仅自然生长着阔叶的橡树、石生栎、短柔毛栎和山毛榉,针叶的杜松子树、金松、云杉和冷杉,村庄周围还大量种植果树,成为本土白兰地的一片温柔之乡。比起葡萄酒,塞尔维亚人更热衷于白兰地,这不仅仅是因为一定程度的懒惰——在葡萄地里需要辛勤劳作,而摘取李子树的果实却很容易,"葡萄酒让人成为奴隶,而白兰地让人成为主人"——更是因为被奥斯曼帝国统治500年的历史,赋予了塞尔维亚白兰地一种"自由与胜利"的特殊涵义。相对于禁酒的伊斯兰王朝,滥用白兰地意味着政治学层面的消极反抗:"即便不能统治自己,至少可以统治白兰地。"那些帮助卑微的统治者迅速体验极乐境界的酒液,滴滴答答流淌进塞尔维亚人的集体无意识,甚至构成了库斯图里卡电影中斯拉夫狂欢精神的主色调。

狂欢与安逸,在山谷中的兹拉蒂博尔小城有着一种微妙的平衡。作为度假中心,这里不仅提供包括冬季运动、山地运动和极限运动在内的各种休闲项目,从滑雪、滑草、骑车、骑马到徒步、游泳、钓鱼、跳伞,不一而足,也凭借山区的优质食材,充任着传统风格美食的捍卫者。莫纳酒店(Hotel Mona)餐厅的侍者显然不愿意相信,居然有人会拒绝5道菜的晚餐,他盯着我的眼神,仿佛白兰地的主人盯着葡萄酒的奴隶。而对于我来说,当地食物的分量实在是太大,每道菜的食材,如果交给西欧餐厅,足以烹出3份。

兹拉蒂博尔人的热情也像他们的美食。我走进一家小店,选购了图案密集的花瓶、军号形状的烛台以及作为塞尔维亚象征的驼峰似的帽子,后者正是前南斯拉夫"二战"题材电影中的军帽(莫莫·卡普尔认为,这款个性独特的帽子源自15世纪多瑙河水手的装束,它在灾害和战争中保护着塞尔维亚人的脑袋,是往昔与生命之间的神圣纽带;它出乎民间,却为军队所用,所以让和平时期的塞尔维亚人看起来也像是沉浸在战争中)。店主夫妇不仅主动打折,3样东西只要两样的钱,而且,我每选中一样,他们便匆忙准备一件相应的礼物,唯恐耽误了远道而来的伟大友谊。

第二天,一位紧张的女孩陪我翻山越岭。杰莉卡,本地人,每周都要前往贝尔格莱德,录制一档介绍兹拉蒂博尔旅游资源的电视节目,可谓活生生的"孤独星球"旅行指南。不过,她却并不信任汽车,总是尽力避免驾驶,宁愿充任卫星导航仪。

兹拉蒂博尔的地貌变化,有点儿像吉普赛马戏团里的魔术。我们驶离郁郁葱葱的谷地未久,刚刚翻上一座山头,眼前竟已是苏格兰高地般的黄褐苔原。而在19公里开外，通往希罗戈伊诺的公路一侧，则藏有巨大的喀斯特溶洞斯托佩卡（Stopica）——我们沿着山腰的小路徒步下行，至一林木掩映的巨大洞口，依次入其明室、暗室、大池室及水道池畔，赏其钟乳石、台地及瀑布，河流穿凿而过，塑造一切。若是李白来过，或许会写：凝灰质池水深七米，不及库斯图里卡赠我情。

    身处兹拉蒂博尔山东北坡的希罗戈伊诺，曾出现在15世纪土耳其人的记载中。那里有一处始建于1980年的露天民俗博物馆（Sirogojno, Ethno Village），通过民居与器物的展示，复原奥斯曼帝国统治时期，尤其是19世纪的乡村生活风貌。对于塞尔维亚人来说，那是现代民族主义运动兴盛之前的时期，亦即"统治不了自己便统治白兰地"的时期，有点黑暗，有点潮湿。

    希罗戈伊诺的露天民俗博物馆，与我此前曾造访过的藏身于瑞士巴伦堡和爱尔兰班拉提的两处同类设施一样，皆为欧洲露天博物馆协会成员。其要旨及规则，与国内拆旧建新的"旅游村镇"模式截然不同，而是刻意集中老旧，选一处理想的自然环境，譬如山谷，收纳他处移来的传统屋舍，着力复制原初生活方式，虽未必男耕，但多有女织，经由互动，激发观者兴趣，成为保护乃至勃兴传统技艺之途。简而言之，其意在文化传递，而非商品经营。

    兹拉蒂博尔山东北坡柔和起伏，香气暗涌的针叶林交接繁花次第的草场，水源充沛，空气清新，早期的自发定居者留下无数充满诗意的神秘传说。毫无疑问，这里是建立露天民俗博物馆的理想选

身处兹拉蒂博尔山东北坡的希罗戈伊诺,拥有一处始建于1980年的露天民俗博物馆,通过民居与器物的展示,复原奥斯曼帝国统治时期,尤其是19世纪的乡村生活风貌。传统民居的院子里,通常会有白色陶土烧制的人工蜂巢,造型和体量与真正的蜂巢相差无几。

址。入口处的圣彼得与圣保罗教堂建于1764年,熬过了民族独立之前的伊斯兰时期,也熬过了民族独立之后的诸种政治幻灭,依然守护着那些李子树一般的低处生活。

被奥斯曼帝国统治500年的历史,赋予了塞尔维亚白兰地一种"自由与胜利"的特殊涵义。相对于禁酒的伊斯兰王朝,滥用白兰地意味着政治学层面的消极反抗:"即便不能统治自己,至少可以统治白兰地。"

山地民居依托自然而建,露天民俗博物馆亦展示顺势而为的智慧。木质或兼及石材的屋舍,依照原貌被置于光照充足且避风的坡上。如果一个家庭拥有二三十号人口,那么它所占据的区域,就像是一个微型的都市群落:核心都市是足以容纳整个家庭起居的一幢大房子(当然,那不是别墅,而不过是一种四周围着栅栏,屋顶坡度很大的平房,内部被木板墙隔成两间,一间用来做饭、吃饭、烤火和聚会,另一间充当卧室,所有人都得挤在里面),一般占据最好的位置,也就是院子的最高点;卫星城镇则包括已婚长子的独立小屋(他和妻子只在夜间返回这处繁殖中心,白天还是待在核心都市,那里有吃有喝)和维持家庭生存的其他功能性空间,比如距离大房子最近的专以制作、储藏食物的小屋（尤其是奶制品室和面包房），院子东边的谷仓（收纳玉米和其他谷物），以及设于低处的木工工作室、纺织工作室、酿酒工作室、马车棚、搁置雪橇及农具的仓库和用于风干水果的通风建筑。通常，院子里还会有白色陶土烧制的人工蜂巢，造型和体量与真正的蜂巢相差无几：既然花园和田地近在咫尺，既然土地肥沃，花儿往复，甜蜜的提炼自是题中应有之意。

在这个山居的小宇宙里，无论核心都市还是卫星城镇，一切物质外壳皆由传统家庭的组织法则、行为规范以及成员之间的权利义务关系塑造。大房子里的炉火永远不会熄灭，那是家庭生活的灵魂。女人的工作清晰有序：准备食物，清洗衣物，打扫房间，照顾孩子。白天，男人去外面忙碌，傍晚回家，全家人一起围着炉火吃饭、聊天、讲故事、唱歌跳舞；演奏乐器是男人的另一项重要工作，尤其是在冬天，大雪封山，无法外出的时候。

"贫穷，而能听到风声，也是好的。"罗伯特·勃莱的短诗很适合形容他们的生活。在泥土为地的房子里，每一物事，务求出于生活之必需，罕有无用的装饰，尽管每家每户都近乎奢侈地拥有酿酒工作室。那些汩汩作响的设备的前身，是一些生锈的大桶和炉子，由几根简单焊接起来的硬管和污浊不堪的软管连接而成，莫莫·卡普尔形容它们"呐呐自语，就像裹着毯子躺在地板上的客人"。不过，一旦你了解到大房子那一东一西两道门的作用，便不会再觉得酿酒奢侈——作为主入口的东门用于瞭望，如果奥斯曼土

通往库斯图里卡之路　｜161

耳其军队逼近，便从西门逃遁——对于如此仓皇的人生，酒非装饰，确为必需之物。

为了平衡"不能统治自己"的狼狈，塞尔维亚人统治所有能找得到的水果，那些源自李子、杏子、桃子、梨子、樱桃、桑葚的美滋滋地吐着气的神秘的发酵力量，充任着塞尔维亚近现代文明的动力源泉。那种动力诗意充盈，呼应着水果成长季节的阳光、雨水与微风。为了尽最大可能获取自然的亲吻，他们在酿制威廉姆白兰地的前期，会将果树上同名的幼梨套入酒瓶，威廉姆梨便在瓶中生长，直至成熟，白兰地随后注入酒瓶，敲骨吸髓一般将整只梨子的香气与滋味吸收得一点不剩。他们还懂得如何将原产于土库曼斯坦，19世纪晚期方经由匈牙利引入的波格萨李子的潜藏优势发挥无遗——它那黑色的外皮包裹着比其他李子品种更多的果肉与甜汁，它的果皮和果核也含有一种特殊的香味——在塞尔维亚人的白兰地中，所有这一切都转变为一场气味的盛宴。

在传统风格的木屋餐厅中，我体验了冷热两种李子白兰地。我喜欢塞尔维亚白兰地的本地名称——"雷击"（Rakija）——这是我自己的翻译，但就是这个感觉，如果你入乡随俗，遵从塞尔维亚人的习惯，空腹喝烈性酒并希望以此暖胃的话。其实，在本地的菜单上，"雷击"有太多选择，一如莫莫·卡普尔所说："塞尔维亚语是农民的语言，它依然没有准确的词汇表述某些都会概念，但如果这种语言谈论白兰地，那创造力就没边儿了。"我也品尝了苏玛迪加茶，由煮沸稀释的李子白兰地制成的"轻饮料"，加入一点儿

公路边的流动水果超市。在奥斯曼帝国统治时期，为了平衡"不能统治自己"的狼狈，塞尔维亚人统治所有能找得到的水果，那些源自李子、杏子、桃子、梨子、樱桃、桑葚的美滋滋地吐着气的神秘的发酵力量，充任着塞尔维亚近现代文明的动力源泉。对于如此仓皇的人生，酒非装饰，确为必需之物。而水果是塞尔维亚人最忠诚的朋友。

兹拉蒂博尔山区的塞尔维亚人喜欢以香甜无比的主食佐酒，比如黑麦圆面包、地区特色奶油面包和被称作普罗亚拉的玉米面包，后者的形状和味道，就像是来自我的家乡，中国东北的大饼子。

丁香一点儿糖。据说，喝完这种茶，很多人都想接吻，如果是塞尔维亚人便会付诸实施，而我则尽力克制，尤其是当我狼吞虎咽下那些香甜无比的佐酒之物（其实全是主食，包括黑麦圆面包、地区特色奶油面包和被称作普罗亚拉的玉米面包，后者的形状和味道，就像是来自我的家乡，中国东北的大饼子）之后，说实话，我觉得世界可爱至极。

一场精心组织的混乱

前往"木头村"杜尔文格拉多的途中,我居然有点儿近乡情怯。这真是奇怪。上一次类似状况的发生,是差不多10年之前,我从哥本哈根市中心走向克里斯蒂安尼亚的路上,后者是从嬉皮年代延续而来的无政府主义公社,号称全球最后一个。也许,我不乏矫情地想,既然人不能选择自己的生身故乡,那就总会选择若干虚幻的精神故乡,尽管这样的选择跟恋爱差不多,多是一厢情愿,多以泡沫的破裂告终,但选择总是自由的,自由稀缺而值得捍卫。

埃米尔·库斯图里卡的花果山水帘洞,藏身于乌日策以西30公里的莫克拉山,一道蜿蜒蛇行的窄路将我们引向海拔近千米的山头。停车之后,先是一幅滑雪场的广告映入眼帘,它为杜尔文格拉多笼罩上一层浓郁的假日色彩,而后是库斯滕多夫(Kustendorf)国际电影和音乐节的海报,指示着艺术"飞地"的入口。"这是我的乌托邦,"库斯图里卡说,"我在战争期间失去了自己的城市(萨拉热窝),现在这是我的家。"

一位美貌异常的工作人员正等待着我们,她仿佛刚刚从库斯图里卡的电影中溜出来——不,其实他的电影中很少有这样的角色(几年之后我才知道,她竟然是库斯图里卡的女儿)。我们在这位仙女的引导下步入山顶的院落,瞬时便被眼前的景象震撼——到处都是戏谑政治或民族性的涂鸦、雕塑与招贴,还有一辆又一辆身板

埃米尔·库斯图里卡的女儿在杜尔文格拉。他的父亲凭借一座传统村庄改建而成的艺术"飞地",位于乌日策以西30公里的莫克拉山。"这是我的乌托邦,"库斯图里卡说,"我在战争期间失去了自己的城市(萨拉热窝),现在这是我的家。"

硬朗但假正经的老式汽车，以及玩具积木似的瞭望塔和圣萨瓦小教堂——它们才是库斯图里卡电影中的正常角色。导演并未让人失望，他的确精心组织出一场现实的混乱，眼前的意象，让我迅速联想起他的影片中那些强迫症一般反复出现的元素：婚礼、乐队、吊死的人……他把这些比作大卫·霍克尼画作中的游泳池，我知道他指的是那些宝丽来拼贴作品，库斯图里卡的创作方式亦如霍克尼的宝丽来或东正教堂中的马赛克，将所有可支配元素拼贴于一处，而后，又以斯拉夫的方式为其注入酒精并引燃松油浸透的松木，烈焰是为生机。

一条野狗跟着我们，它多少有点儿无聊或有点儿饿，要么就是喜欢上了杰莉卡，它尽力表现得像一位绅士，至少也像一位演员，陪我们去草坡上，眺望波斯尼亚和黑塞哥维那的国境线——那是一柄巴尔干政治的裁纸刀，许多只手抢来抢去，一不小心，就把库斯图里卡的乡愁切到另一个国家去了。

波黑战争前后，库斯图里卡曾经长期旅居国外，返回塞尔维亚兴建"木头村"之前，他在美国和法国生活了14年。《地下》跳出了狭隘的民族主义视野，但也正因如此，招致了同胞严厉的批评，最犀利之声来自故乡萨拉热窝——直至今日，每当我抛出这部电影，询问塞尔维亚人的看法，得到的回应，多半是明确的厌恶或刻意的回避，只有一位贝尔格莱德大学教授表示认同。1998年，库斯图里卡又推出了聚焦于吉普赛人生活的《黑猫白猫》，同样引发激烈争议。法国作家梅里美曾通过《卡门》放大了那个流浪民族热情、奔放、洒脱的诗意特征,而《黑猫白猫》则以其不愿受拘于法律的处世习惯为故事源起,勾勒出一个更富黑色现实感的世界。我在库斯图里卡导演的音乐剧《吉普赛人》中,也遇见了这样的故事。它们虽以吉普赛人为主角,却能让人看出导演的自我投射,个人命运正是巴尔干共同体命运的一部分——没有人是一座岛屿,别去打听丧钟为谁而鸣。

既然人不能选择自己的生身故乡,那就总会选择若干虚幻的精神故乡,尽管这样的选择跟恋爱差不多,多是一厢情愿,多以泡沫的破裂告终,但选择总是自由的,自由稀缺而值得捍卫。

不过,库斯图里卡的这个家,"木头村",却的确像一座孤岛。它全凭库斯图里卡一己之财力建造,他为此负债累累。目前,"乌托邦"正以度假酒店的形式运营,这让我联想起吉普赛人在城市边缘的一些营生——卜卦、卖药、修锅、驯兽、擦车、走私……生存与梦想之间,总有一线横跨峡谷的钢丝。

"乌托邦"的酒店客房,都是以传统方式手工建造的木头小屋,大坡顶,原色调,雕刻精美,它们就像是露天民俗博物馆的藏品,"木头村"亦因此而得名。在这里,没有设计雷同的房间,更没有千人一面的窗景,每一座木屋都显得独一无二,彼此错落有致。这种电影场景似的历史感,使得杜尔文格拉多足以扮演一座自发形成的山村。以美国导演斯坦利·库布里克命名的电影院,以塞尔维亚作家莫莫·卡普尔命名的图书馆和画廊,还有咖啡店、餐厅、酒吧、美发店、纪念品商店、游泳池、篮球场和网球场,又赋予其一种年代错位的超越现实之感。

  我们在不知何为现实的现实中闲逛。畏惧动物的杰莉卡,一边为我解读描绘乔治·布什与米洛舍维奇共囚一室的涂鸦,一边试图摆脱热情好客的野狗。而在伊沃·安德里奇(1892—1975)的肖像面前,她几乎因为它潮湿鼻尖的骚扰而变成巴尔干火药桶本尊。安德里奇是巴尔干诸国迄今唯一一位诺贝尔文学奖得主(1961年),以长篇小说《德里纳河上的桥》著称。我在英国历史学家诺曼·戴维斯的《欧洲史》中读到过关于他的记述,那是在"萨拉热窝"的词条之下,其所属的波斯尼亚被称作"一个充满仇恨和恐惧的国家","美德经常通过仇恨表达出来","那些表达出信仰和爱的人对那些没有表达出信仰和爱,或者以不同方式表达信仰和爱的人怀有不共戴天的仇恨"……而安德里奇则精确地描绘出了波斯尼亚的社会心理景象,诺曼·戴维斯认为那些描写堪称无价的历史文献。

  借由安德里奇的视角,我愈发理解了他的同胞库斯图里卡的电影。仙女亦送给我们一份意外的惊喜——邀请我们钻入库布里克影院,欣赏库斯图里卡正在拍摄的一部电影的片段:《我们》。

  片段长达20分钟,勾勒出一位近乎西西弗斯的人物——山间小屋,羚羊推门,闯入,将他唤醒;上路,途经葡萄园,偷取一串,藏入袋中；至采石场，将两个口袋装满石块，背起，艰难登山；途中遇蛇，山顶遇乌鸦，乌鸦吃了葡萄，他得了启示，所有石块皆被抛诸山下。

这个片段几乎没有台词，人物不停地运动，节制的音乐组织着富于力量的运动——嘭嘭，嘭嘭，既像击鼓，又像石块直敲鼓面，鼓面即将爆裂，那种"充满仇恨和恐惧"的火山喷发之前的力量直击灵魂。

巴尔干是一个让人难以忽略的文明样本，即便在今天，它仍扮演着预言家的角色，时刻提醒世人，历史远未终结，短暂的和平不过是意识形态细菌的幕间休息。而这片土地上，有着库斯图里卡式艺术创作取之不竭的素材，比如我们在返回贝尔格莱德途中，忽然被警察拦了下来，声称我们违反了交通规则，要扣留驾照，一个月后法庭上见。我告诉他们：没有那么长的滞留时间，可以现在就付罚款。他高兴地问：能给多少？我说：依照法律，该付多少？他坚持以《黑猫白猫》中吉普赛人的方式提问：到底能给多少？……为了拿回驾照，我对着身穿制服的黑市报出一个数目，他颇为满意，但提醒道：别把欧元递给我，顺着车窗，直接扔到座位上，我什么也没看见。

那是一辆停在公路边的警车，干干净净，不是电影道具。

库斯图里卡在银幕之外组织的一场现实的混乱之局部:以传统方式手工建造的大坡顶木头小屋身前,停有一辆身板硬朗但假正经的老式汽车。这一辆,自然是电影道具。

眼波摇尾献媚的莎士比亚

夏天的夜草

莎士比亚星系

从驽马喝的药水到超现实主义酒单

埃文河畔的斯特拉福德

伦敦

夏天的夜草

"请原谅吧,先生、女士们,我们这些缺乏灵感的小人物,竟敢在这么一个破戏台上搬演如此伟大的景观:难道这个斗鸡场似的小园子,能容得下法兰西的辽阔战场吗?我们能把那使得阿金库尔的空气为之震惊的大批将士的头盔,都塞进这个木造的圆形剧场吗?啊,请原谅吧!既然圆圆的一个零放在一串数字的末尾,就可以代表一百万之巨,那么就让我们这些与这个伟大故事相比非常渺小的人,来激发你们的想象力吧。请假想在剧场的围墙之内圈住了两个强大的王国,它们那高耸而紧邻的疆界只被一条狭窄而险急的海水隔开。请用你们的假想来弥补我们的不足……"

威廉·莎士比亚的原作中,《亨利五世》如此开场。这段台词来自一个类似于"说书人"的角色,营造着贝尔托·布莱希特在20世纪推崇的那种"间离效果"——当然,许多国粹主义同胞断定布莎士比亚博物馆中，陈设有世界各地的艺术家塑造的莎士比亚形象，此为其一。在他自己的时代，莎士比亚是一位流行风格的剧作家，似乎与高雅文化联系不大，甚至被同代人嘲笑，断定其对于希腊和罗马文化的了解相当粗疏，但他坚持声称自己的写作是"略带拉丁化的"。

莱希特的贡献受惠于中国传统戏曲，尤其是梅兰芳先生，但我总觉得这样的见解来自一口深且枯的井底。只需翻开2 000多年前的希腊悲剧或喜剧，类似《亨利五世》中的"间离"已不鲜见，比如阿里斯托芬调侃苏格拉底的《云》，歌队忽而如此跳脱出剧情："诸位观众，我当着养育我的酒神，很坦白地对你们说真话。我既然把你们当作很聪明的观众，更把这个剧本当作我最好的喜剧，就让我得胜，让人家承认我很高明……"

源自狄俄尼索斯庆典仪式的希腊戏剧，先是被罗马人照单全收，而后熬过欧洲中世纪的"黑暗年代"，又被文艺复兴时期的人文主义者唤醒，它在复苏之后始终扮演着西方舞台的主导性角色，成为所有继承者与反叛者的传统。

布莱希特究竟受惠于谁，一目了然，莎士比亚也是如此，他们都是狄俄尼索斯的葡萄园中的采摘者，甚至塞缪尔·贝克特也是，他恢复了一种对于逼真问题漠不关心的简朴传统，回到朗诵，将独白伪装成对话。源自狄俄尼索斯庆典仪式的希腊戏剧，先是被罗马人照单全收，弘扬至条条大路通往的帝国边疆，而后熬过欧洲中世纪的"黑暗年代"，又被文艺复兴时期的人文主义者唤醒，它在复苏之后始终扮演着西方舞台的主导性角色，成为所有继承者与反叛者的传统。

当我坐进翻新不过5年的皇家莎士比亚剧院的主剧场,恍惚之间,仿佛回到了西西里岛上陶尔米纳山顶的古代剧场,尽管这是一处以交互式观演舞台为核心的新剧场。它替代了建于1926年的维多利亚式镜框舞台,力图复原莎士比亚时代的观演感受——观众席呈半环形,上下3层,每位观众都距离舞台很近——但这不正是希腊剧场的衣钵所在吗?一如美国舞蹈家伊莎朵拉·邓肯所说:"大量的观众能在里面同时看、听和感受,他们的地位是平等的,产生的情绪也是相同的。"它虽然身为室内剧场,却力图发掘辽阔高远之感的空间表现可能,除了拥有纵深感极强的舞台平面尺度,亦留足颇为高挑的立体空间——舞台表面至屋顶为7米,舞台表面之下仍是7米。在2014年某一剧目的演出中,舞台的局部被改造为水池,池中粉墨登场的水流,来自皇家莎士比亚剧院身旁的埃文河(Avon),正是这条河流养育了莎士比亚,他甚至因此而被称作埃文河畔的天鹅(Swan-Upon-Avon)——当然,这是一个文字游戏,因为他的故乡名叫埃文河畔的斯特拉福德(Stratford-Upon-Avon),莎士比亚生于斯逝于斯,距离他当时的戏剧舞台伦敦180公里。

不过,埃文河上的确有不少的天鹅,它们就像候场的歌队演员,缓缓滑过仲夏夜之梦一般的水道,若是半梦半醒之间,不慎瞥见游客手里的面包,它们忽就偏离优雅的航线,不惜主动"间离"一回。"诸位观众,你们就是养育我的酒神",埃文河畔的真正天鹅颠三倒四扑扑棱棱直向岸边聚拢而来,"眼波摇尾献媚",它们翻新后不久的皇家莎士比亚剧院,位于莎士比亚的故乡埃文河畔的斯特拉福德。其主剧场力图复原莎士比亚时代的观演感受——观众席呈半环形,上下3层,每位观众都距离"突出式舞台"很近——这又正是希腊剧场的衣钵所在。

的眼波中流露出威尼斯商人之于钱袋或哈姆雷特之于命运的浓烈兴趣,却让自我暗示的观众觉得那几乎是一份真挚的情感:"我要把这花液在他眼上／试一试激动爱情的力量。"

埃文河又窄又冷,让我想起19世纪前拉斐尔派艺术家约翰·艾弗里特·米莱斯的画作《奥菲莉娅》中的那条小河,《哈姆雷特》的女主人公落英缤纷地溺水身亡,"这是表示记忆的迷迭香;爱人,请你记着吧:这是表示思想的三色堇"。前拉斐尔派艺术家仰慕早期意大利艺术,重视自然光线,他们先于法国印象派几十年即已选择户外创作,据说充任奥菲莉娅模特的女子便因在一条真实的冰冷河流中浸泡过久而落下重病。前拉斐尔派还借鉴文艺复兴初期"湿绘壁画"的方式,先将画布全部涂白,趁底色未干即着手敷绘,从而营制出通透光亮的画面效果。

莎士比亚亦是愿意追随地中海传统贯通之线的慕古之人。尽管他被同代乃至身后的智识阶层嘲笑,断定其对于希腊和罗马文化的了解相当粗疏,但他坚持声称自己的写作是"略带拉丁化的",而且,他的确在作品中化用了普鲁塔克作品的译文以及意大利的古代小说。所以,在这一点上,他与拉辛和席勒一样,都是古代戏剧典范的受益者。美国学者理查德·保罗·罗(Richard Paul Roe)通过实地考证,写就《寻找莎士比亚:探访莎剧中的意大利》一书,他详尽比照现实场景与剧本中的细节,精确至树林的位置及河道的变迁,推断出莎士比亚的确曾前往亚平宁半岛追慕古迹,他的行踪先是遍布当时的伦巴第和威尼斯公国的领地,而后经托斯卡纳南

皇家莎士比亚剧院身旁的埃文河。正是这条河流养育了莎士比亚,他甚至因此而被称作埃文河畔的天鹅(Swan-Upon-Avon)——当然,这是一个文字游戏,因为他的故乡名叫埃文河畔的斯特拉福德(Stratford-Upon-Avon),莎士比亚生于斯逝于斯,距离他当时的戏剧舞台伦敦180公里。不过,埃文河上的确有不少真实的天鹅,它们就像候场的歌队演员,缓缓滑过仲夏夜之梦一般的水道。

下,直至西西里岛。如果理查德的考证属实,也就不难理解莎士比亚为什么会将1／3的戏剧作品的场景设定在地中海世界,比如《无事生非》之于墨西拿,《驯悍记》之于帕多瓦,《罗密欧与朱丽叶》之于维罗纳,《奥赛罗》之于威尼斯,《皆大欢喜》之于鲁西荣、巴黎、马赛、佛罗伦萨,等等。

莎士比亚生逢英格兰历史的转折时期,14至15世纪的英法百年战争结束之后,英国人开始潜心发展自己的民族国家,都铎王朝的亨利八世发起了由上而下的宗教改革运动,由此而切断了与欧洲大陆的直接联系,打破了教皇对英国的控制,重新确立了教会与国家的关系,激发出民众的民族意识,英国开始由一个弱小国家跃升为欧洲大国。莎士比亚身处都铎王朝最后一位君主伊丽莎白一世统治的时代,英格兰王国在丧失了欧洲大陆的立足点之后,逐步将精力转向跨越大西洋的海上冒险,虽然已经品尝到持续增长的力量与财富的甜头,但尚未获取日不落的海上帝国。莎士比亚的写作主要发生在首批英格兰殖民地在美洲建立的那几十年里,他敏锐地觉察到民族意识是一个与时俱进的主题,于是写出了歌颂明君、弘扬爱国的系列剧作,他的作品随着英语世界的不断扩张而借船出海,在随后的几个世纪中罗致几乎无人可比的全球影响力。

为了纪念莎士比亚辞世400周年,皇家莎士比亚剧院推出了全新版本的《亨利五世》,甚至巡演至中国。亨利五世是伊丽莎白一世时代英格兰国人心目中的民族英雄,他在1413年即位之后,以全胜的局面继续着英法百年战争。而莎士比亚时代英国国民的爱国热情,则由皇家海军于1588年战胜西班牙"无敌舰队",取得了海上霸权这一胜利激发。英国国民开始对本民族历史产生浓烈兴趣,舞台上的历史剧应运而生。莎士比亚的《亨利五世》,与《亨利四世》(上、下篇)以及《理查二世》合成四部曲,讲述从波令勃洛克篡夺理查二世王位成为亨利四世,至哈利亲王继承王位为亨利五世的历史。亨利五世曾远征法兰西,借阿金库尔一役,也就是"说书人"口中的"辽阔战场",以少胜多,大败法国贵族骑士大军,并迎娶了法国凯瑟琳公主为王后。对于伊丽莎白一世时代的英国国民来说,亨利五世是民族凝聚力的最好象征,自然也成为莎士比亚笔下的"理想君主",甚至带有"日不落帝国"初晓的意味。

　　莎士比亚的时代,对于英国乃至世界历史来说,可谓承前启后。当莎士比亚笔下的哈姆雷特目睹父王的鬼魂,对心存怀疑的同伴声称:"你知道天地间有许多事情,霍拉旭,绝不是你们的哲学所梦想得到的。"尚意味着文艺复兴时期的人文主义者所承诺的理性与信仰之间的协调一致并未取胜,宗教教条、魔法与迷信依然是莎士比亚世界的光与盐——甚至有人怀疑他就是藏身于那个新教国家的秘密天主教徒。但莎士比亚身后的那个"日不落帝国"已经暗暗地孕育其中,一如《亨利五世》的台词:"就像夏天的草儿在夜里生长得最快,不让人察觉。"莎士比亚经历过亨利八世的女儿伊丽莎白女王统治的鼎盛时期,对都铎王朝充满好感。所以在他勾勒的《亨利八世》中,这位君主把自己的智慧和美德遗传给了女儿伊丽莎白女王,以此奠定了英国繁荣富强的基础。他对于君主的塑造,甚至有些类似于希腊戏剧对于众神的塑造——众神赋予人间生活以意义与规范。不过,《亨利八世》于1613年6月26日在伦敦寰球剧院上演时,演到第一幕第四场,却因放炮引起火灾,导致剧场化为灰烬。这一场意外,虽然结束了莎士比亚本人的戏剧生涯,使他被迫回到埃文河畔的斯特拉福德,重新做一只小地方的天鹅,却无碍于那片夏天的草地里继续生长出理性言语、蒸汽机、工业革命、科学技术与爱国主义,现代世界因为这些阿基米德式的支点而被撬动并成型。先是18世纪初期大不列颠列岛的统一,而后是海洋扩张与日不落帝国的逐步建立,当亨利五世敌手的后继者路易十四的绝对主义统治最终因灾难性的革命而不得不接受令人沮丧的失败,英国基于理性的立宪主义则不仅鼓舞了19世纪的主要强国,同时也影响了反叛英国的新大陆殖民地的宪法,从而影响到21世纪的超级大国。而伴随着这一系列人间权力变化的,依照阿诺尔德·约瑟夫·汤因比的观点,是人类与生物圈关系的根本改变,人类最终真正统治了地球——今日的种种绿色吁求,包括有机与环保的乌托邦指向,其实不过是希望按下某个重启键,回复到莎士比亚时代之前的人类之于生物圈的有限关系。

莎士比亚星系

"也许他就是莎士比亚,很多研究者都这样认为,只是缺乏充足的证据。"

莎士比亚博物馆的工作人员这样告诉我,她指着资料室里一本厚重的《英国植物宝典》。那本书出版于1597年,而莎士比亚于1564年4月23日诞生在资料室旁边一座带阁楼的二层房屋的主卧室里。《英国植物宝典》出版的时候,他33岁,与这个年纪相比,以今天的标准衡量,封面右上角那位绅士的容颜似乎略显苍老。

莎士比亚是一个永恒的研究话题,尤其当他的身世经历呈现为谜团的时候。就在我身边不足两米的地方,一位白发苍苍的绅士,正就着一册巨大开本的古旧资料做着笔记。与那些浩瀚的作品相比,莎士比亚的生命似乎略显短暂,有人质疑他是郭敬明式的人物,或者干脆就把他的作品归入他人名下,比如弗朗西斯·培根。世人并不明白,这位不情不愿娶妻生子的小镇青年,为什么忽然就去了伦敦,留下惊世之作,然后又扭头回了冷清潮湿的老家。

莎士比亚故居位于亨利街北侧,那里堪称今日小镇的宇宙中心,莎士比亚博物馆建筑依附于此。故居斜坡瓦顶,有着泥土颜色的外墙,凸出墙外的窗户和门廊使得这幢16世纪的旧物在商店挨挤的街上十分抢眼。故居内部依照莎士比亚青少年时代的样貌布置,底层展示着他父亲的生意——手套制作,楼上的卧室则供人追溯他

莎士比亚故居位于亨利街北侧,内部依照莎士比亚青少年时代的样貌布置,底层展示着他父亲的生意——手套制作。作为一位精明的剧作者,他的匠人精神和生意头脑确有家承。

的诞生,甚至复原了婴儿篮。包括墙纸和家具在内的许多装饰细节一如莎士比亚的语言风格,繁复精致——从西方戏剧传统来看,埃斯库罗斯和欧里庇得斯的悲剧分别代表着两种相互对立的语言类别:一类运营密集的辞藻与纠结的短语,努力强调语言戏剧性的分量;另一类则并不依赖丛集的语言魅力来增强作品价值,反而更信任朴实无华或精练妥帖。毫无疑问,莎士比亚更倾向于前者,但对于英语自身来说,恐怕也只有在莎士比亚的时代才能达致如此成就。英语本是一种伦敦城外的粗鄙口语,如果没有从乔叟到莎士比亚的努力,它不可能变作足以传诸后世的书面权力,甚至成为支撑"日不落帝国"的构建基础——直至今日,它仍是全球化社会最为通行的语言,与狭窄的"爱国主义"相比,或许这才是莎士比亚或诗人的长远功绩。

英语本是一种伦敦城外的粗鄙口语,如果没有从乔叟到莎士比亚的努力,它不可能变作足以传诸后世的书面权力……与狭窄的"爱国主义"相比,或许这才是莎士比亚或诗人的长远功绩。

莎士比亚从伦敦返回故乡之后,生命中的最后19年寄身于如今被称作"新宫"的一幢宅邸中,他在那里创作了26部剧作。可惜的是,那处故居曾于1759年被当时的拥有者弗朗西斯·加斯特里尔教士拆毁,因为他不堪于莎士比亚的粉丝成群结队地经年造扰。但在2016年,莎士比亚诞生地信托基金已将"新宫"于原址重建并开放,其建筑基础、地下室和一口井仍为原物。

斯特拉福德镇外的阿登之屋(Mary Arden's House),以莎士比亚母亲的名字命名，正是她孩童时期的家。那一处包括小型农场在内的乡间场所，向慕名而来的游人展示了都铎时期的乡村生活、典型植物以及农畜的早期品种。工作人员身穿复古服装，试图复活莎士比亚尚未出生的年代。

　　城镇周边，值得造访的莎士比亚星系的卫星，还包括安妮·海瑟薇的小屋（Anne Hathaway's Cottage）——莎士比亚的夫人少女时期的家，保留了许多当时的家具物件。以及荷尔农庄（Hall's Croft）——被认为是莎士比亚的女儿及其丈夫的房子，展示着相当不错的伊丽莎白时期的家具和绘画。还包括纳什之屋（Nash's House），那是莎士比亚孙女的第一任丈夫所有的住宅，如今陈设着本地历史和考古学展品。

　　斯特拉福德似乎只有一个产业——莎士比亚。观看《亨利五世》的第二天上午，我又回到皇家莎士比亚剧院的剧场里转了转，我感兴趣的是，舞台上方充任幕帘的隔断材料何以会产生银幕一般的3D效果，以及舞台表面的特殊材料为什么能够在灯光与投影的交互作用下，呈现出以假乱真的立体山岩效果。不过，我没找到答案。我只好绕着包围部分观众席的半环形后台溜达了一圈——当然，这也是一个非常有意思的设计，它不仅缩短了走台的距离，有利于演员迅速上妆与换装，还使他们可以从不同方向出场，甚至包括观众席后方，演员与剧情可能随时出现在他们身旁，以便让观众产生被剧情浸没的感受。我触摸了那些挂在后台的演出服装，所有材料都货真价实，几乎称得上高级定制，而作为道具的武器也十分

安妮·海瑟薇的小屋位于埃文河畔的斯特拉福德的周边地带，这是莎士比亚的夫人少女时期的家，外部具有典型的伊丽莎白时代的农庄风貌，内部保留了许多当时的家具物件，展示出英格兰历史转折时期的社会细胞的原貌。在那一历史时期，英国人结束了14至15世纪的英法百年战争，开始潜心发展自己的民族国家。莎士比亚就是在这样的背景下开始创作系列舞台历史剧。

莎士比亚的真实身份始终遭到严重的怀疑,而莎士比亚博物馆中这一枚从河滩上捡来的戒指兼印章,刻有莎士比亚的姓氏缩写,成为证明莎士比亚身份的重要文物之一。

沉重,足以带给演员逼真的肌肉体验,至少也像是在健身房里。皇家莎士比亚剧院的所有舞台所需,皆出自附近几家定制企业,19世纪末剧场出现,它们亦应运而生。当我离开剧场,钻进镇上的古董市场,正打算收摊离去的卡洛琳(Carolyn)女士居然也对我谈起了莎士比亚。她认为莎士比亚戏剧的产生与酒吧文化有着直接的联系——这我倒没有想到——莎士比亚经常溜进酒吧,就像密探那样倾听他人聊天,酒吧不仅是他的脸书,更是他了解社会各阶层烂事和破事的谷歌搜索引擎。

不管怎么说,看来莎士比亚果真在这个镇上活过一回。莎士比亚博物馆以大量都铎时期的艺术品、书籍、绘画、纺织品和生活用品建构莎士比亚的时代,其中包括一枚从河滩上捡来的戒指兼印章,上面刻有莎士比亚的姓氏缩写,成为证明莎士比亚身份的重要文物之一。

从驽马喝的药水到超现实主义酒单

卡洛琳启发了我,也许真的应该借由杯中之物的角度,重新认识一下莎士比亚所属的民族,也许他们的爱国主义最喜欢泡在酒精里。

《亨利五世》中,尚未与英军交手的法国大元帅如此代表葡萄酒民族嘲笑海峡对岸啤酒民族的饮料:"淡啤酒,他们的大麦汤,那种只能给累垮的驽马喝的药水。"这一类现代卡通片钟爱的夸张台词,其实源于希腊喜剧的传统,古代的作者习惯于将外国的每样东西都描绘为邪恶的或是滑稽的,莎士比亚也学会了这一手。但实际上,法国大元帅不可能不知道英法百年战争是怎么打起来的。我造访过法国中央高原西南坡,多尔多涅河(Dordogne)两岸的贝尔热拉克(Bergerac),19世纪的作家普罗斯佩·梅里美曾借旅游笔记《法国乡村》,将其描绘为"一个松露、肥鹅肝和葡萄酒的乡村","一个松林、田园、河流和牧场的乡村"。贝尔热拉克的确风土甜美,自罗马时代即开始酿制巴克斯青睐的美酒,而今天,更是以美乐、品丽珠、赤霞珠、马贝克、长相思、赛美蓉、密斯卡岱一众葡萄藤上的"神谱"著称。然而,并不甜美的1337年至1453年的英法百年战争却也发轫于此,诺曼·戴维斯的《欧洲史》对于那场战争评价甚低:绝非英法之间一场正规而持续不断之征战,却是一团混乱,饱含漫无节制的杀戮、愚昧的迷信、不忠不义的骑士制度以及不顾公共福祉而贪求个人利益的随心所欲……英国人素有名誉及财富皆在海峡彼岸恭候的妄念（工业革命后更将妄念拓展至一切水域的彼岸），岛国的军事优势更将所有战火皆发落于法兰西境内……

英法百年战争前传其实可以追溯至1152年，阿基坦的埃莉诺在30岁上嫁与19岁的安茹伯爵，后者即亨利二世。他自父亲处继承安茹，自母亲处继承诺曼底，自埃莉诺处收取嫁妆阿基坦，一跃而成法国最大领主，更于1154年加冕为英格兰国王，开创英格兰中世纪最强健的金雀花王朝。贝尔热拉克隶属阿基坦（今日阿基坦乃法国西南大区，西邻大西洋，南接西班牙，首府波尔多市，下辖多尔多涅、吉伦特、朗德、洛特-加龙、大西洋岸比利牛斯五省），亦为金雀花王朝囊中之物，城内集散的葡萄美酒，经由水路，向西复向北，连绵不绝漂向英格兰。

贝灵阁城堡的今日主人曾邀我前往家中宴饮，他是地地道道的贵族后裔，波塞冬家族的晚辈，但衣着样貌普普通通，更像一位农民。说起祖上，他翻着白眼，吐着舌头，仿佛那已是大气层之外的事情。法国大革命后，波塞冬家族踏踏实实种了200年葡萄。家族树挂在墙上，贵族后裔再无拉法耶特式胸怀，只如北京城里削作平民的八旗子弟一般，专好讲古。我们见面时，他那看不见的祖上撩开大气层，投洒出一阵雨雾，他却将我们拖去室外，就着酒庄驻足的山坡开讲：此地虽为乡野，然而人文悠远。脚下，大地涌鼓之处，正是罗马帝国衰落后，蛮族西进历程中，凯尔特人祭拜太阳神的所在，花园内，嵌入草泥的石椅，即为彼时遗迹。他又将我们引向山坡的边缘，敦促我将视线射穿雨雾，直抵尽情的想象：看哪，天若晴好，四野壮丽，如许一幅碧绿大静的画卷，自有历史脚注——英法百年争战，右前方山坡肇始，左前方沃野终局。他断定百年战争如此破开帷幕，他的观点与英吉利海峡对岸的诺曼·戴维斯完全相同，那就是一幕荒唐的闹剧：从前有座山，山上有座城堡，城堡里有位本地贵族，闲得蛋疼。有一天，他置下许多葡萄美酒，聚众痛饮，翌日倍感不适，遂起念增强体质。于是乎，贵族率上20几位随从，攻打英国人占据的贝尔热拉克，没承想竟一举攻克，锻炼身体的初衷意外地捅下一只硕大无朋的马蜂窝。金雀花王朝的岛民自此攒下借口，随心所欲的袭击与征战就像更年期综合征那样雨点般袭来……

莎士比亚剧本中的法国大元帅不应该忽略这一段历史，虽然英国从不出产葡萄美酒，但至少从金雀花王朝开始，即已大量享用来自法国的佳酿，至少在他们的上流社会。不过，大元帅也算说对了一半，莎士比亚时代的酒吧过客，的确热衷于狂喝滥饮"那种只能给累垮的驽马喝的药水"，淡啤酒不仅塑造了莎士比亚与他的观众——那些伦敦城里的早期市民，而且其魅力延续至今。黄昏时分，金融城里的上班族走出办公室之后，非常乐于站在酒吧门外的街道旁喝上几杯，以便专心迎接"瘸脚而步伐缓慢的黑夜"。只不过，如今的伦敦酒吧早已不只属于啤酒，就像剧中的法国国王最终所说："法兰西和英格兰，两个战争不已的王国，由于互相嫉妒对方的幸福，双方的海岸都气白了脸，现在结束了彼此的仇恨。这次庄严的联姻，在两国人的心中培植起乡邻感情和基督徒之间的和谐……"而伊莎贝尔王后更是点题:"英国人要像法国人,法国人也像英国人。"其他方面很难说做到了,但至少在饮酒方面,英国人或许做到了,据说在伦敦的地下,拥有世界上最好的酒类收藏。

从上海飞往伦敦的维珍航空,前舱提供的葡萄酒单极为专业,甚至包括意大利西西里的小众品种。它还专门设有酒吧,以供无法忍受慢慢长夜的乘客独酌或社交。在某一部007电影中,詹姆斯·邦德就是坐在维珍的空中吧台独饮。逗留伦敦之际,我还专门前往维珍的基地去参观了那架永远也不会真正起飞的道具。

 我路过19世纪的大厅里醉卧沙发的老年肉身,他们一如迪伦·托马斯诗句的化身。

我在伦敦落宿于摄政街1号的朗廷酒店(The Langham),一楼的"喷水井"酒吧(Artesian Bar)则有2015年度全球最佳酒吧之称。这项荣誉来自英国饮料行业权威杂志《喝遍全球》(Drinks International)颁布的"全球五十家最佳酒吧"榜单,由来自全球各地的顶尖调酒师和行业专家投票产生。"喷水井"由伦敦著名设计师大卫·柯林斯(David Collins)设计,内部装饰颇具富丽堂皇的维多利亚时代风格,而其连续4年拔得头筹的理由,则要归于拥有一份"超现实主义酒单",将鸡尾酒提升到一个新的高度。我约了几个朋友一起品尝何为"新高度",实际上,"超现实主义酒单"更像是泡妞流程清单,如果把它当作一首超现实主义的诗作来解读,基本可以感受到从邂逅到热恋再到分手的整个过程。那些"诗行"代表的鸡尾酒,调制原料丰富多样,甚至可以发现木槿花和芝麻油,而调制灵感又每每指向过往时代,比如"朗廷废话"(The Langham Cobbler),便是以荔枝和陈酿的混合挑战今人的味蕾——当然,泡妞过程中,"对新奇无休止的迷恋"是永恒不变的法则。

如果说"超现实主义酒单"只是试图模仿诗,那么朗廷酒店却有货真价实的"诗人角"。而且,早在作为艺术流派的超现实主义诞生之前,这家开业于1865年,由威尔士亲王(后来的爱德华七世)亲自主持揭幕仪式的欧洲首家豪华酒店,已经身体力行着"对新奇无休止的迷恋":它是欧洲历史上第一个10层楼高的酒店,使用意大利的工艺和设计,以石膏雕饰天花板,以复杂的马赛克铺设地板,配以白金和天然宝石点缀,公共区域则铺设波斯挂毯和手绘墙纸,并且大量使用大理石和丝绸作为装饰;它是首家安装使用液压式"升降机",也就是我们今天所说的电梯的酒店,在当时引起不小的轰动;它是欧洲首家向客房提供冷热自来水的酒店,还在每个房间安置了抽水马桶和靠水循环冷热系统来送冷风和热风的"空调";1879年,酒店又率先为每间客房安装了电灯……

毫无疑问,正是莎士比亚身后那个世界的启蒙与理性精神推动了这些技术的进步,但推动理性这种日神精神的,却常常是迷恋新奇与爱的酒神精神。当威尔士亲王爱德华八世,需要慎重选择一个

眼波摇尾献媚的莎士比亚 | 197

这家开业于1865年，由威尔士亲王（后来的爱德华七世）亲自主持揭幕仪式的欧洲首家豪华酒店，后来成为了爱德华八世向沃利斯-辛普森夫人求婚的见证者。

合适的场所向沃利斯·辛普森夫人求婚的时候，朗廷酒店成为了这场"世纪之恋"的见证者。而在爱德华八世退位以后，温莎公爵的弟弟——乔治六世的加冕典礼当夜的7道晚宴菜单，亦是由朗廷酒店融合众多经典创新而成。实际上，正是威尔士亲王对朗廷的持续光

朗廷酒店的餐厅棕榈廷便是著名的"诗人角"。"尽管爱人会失去,爱情却永生。"曾经在这里为英国广播公司朗诵的迪伦·托马斯那酒精含量超标的诗句就是这么说的。

顾,引领了皇室和政界首脑的入住风潮。英国自是不胜枚举,仅以法国为例,拿破仑三世在他被流放的大部分时间里几乎都是在朗廷度过的,而陆军准将夏尔·戴高乐——法国自由运动的领导者,后来的法国总统,在第二次世界大战法国被德国占领期间,主要都是住在伦敦朗廷酒店,"相邻感情与基督徒之间的和谐"可见一斑。

有一天晚上,我在酒店内的餐厅棕榈廷(Palm Court)吃饭,一位工作人员告诉我,就在前一天晚上同一时间,王子与家人也在这里用餐,就在同一张餐桌。棕榈廷便是著名的"诗人角",英国作家柯南·道尔爵士笔下的侦探福尔摩斯即诞生于此。在福尔摩斯探案集《波西米亚丑闻》一篇中,虚构的波西米亚国王对虚构的神探反复念叨的地点却是实实在在——"你将可以在朗廷找到我。"造访过"诗人角"的文化人士不胜枚举,在第二次世界大战期间,酒店被迫对公众停止营业,但依旧接待来自英国广播公司(BBC)的记者和客户,温斯顿·丘吉尔亦经常在朗廷通过英国广播公司进行反对纳粹的广播。而到了1965年,英国广播公司更是一度买下了伦敦朗廷酒店(直至1986年,在威斯敏斯特议会及英格兰历史建筑和纪念物委员会的倡导下,英国广播公司才卖出朗廷,使其重新开始酒店经营),开设出英国广播公司俱乐部餐厅和酒吧,吸引了大量的演员、政治家、作家和各界名流。著名诗人迪伦·托马斯在朗廷酒店广播以后,"诗人角"得以重新开设起来,再度闻名。"尽管爱人会失去,爱情却永生。"——对,迪伦·托马斯那酒精含量超标的诗句就是这么说的。

在斯特拉福德镇外的标志酒店(Hallmark Hotel),有一天早上,我路过19世纪的大厅里醉卧沙发的老年肉身,他们一如迪伦·托马斯诗句的化身——前一天晚上,这些先是专程前来享用水疗,而后套上正装,缀以骚气逼人之彩色领结的绅士们,不知从哪儿招来一伙中年女性，开起了70年代摇滚主题派对，通宵饮酒跳舞，高跟鞋在走廊里摔倒，扑通一下，然后又是扑通一下，尖叫变成狂笑。接下来，一只只肥硕的光脚走来走去，一只踩在另一只的上面……他们让我想起法国文艺复兴时期的怀疑主义哲学家米歇尔·德·蒙田在贝尔热拉克的圆塔中写下的一段《论醉酒》的文字："柏拉图不许未满18岁的孩子喝酒，而要获得醉酒的许可得满40岁。他准许人们在40岁以后尽情畅饮，让酒神狄俄尼索斯在酒宴上有所作为。这位友善的神给年轻人带来快乐，让老年人恢复青春；他抚慰人们内心激情的骚动，就如同火软化铁一般。"

我离开那些被狄俄尼索斯梦着的肉身，走进面朝远山的意大利风格花园——莎士比亚故乡的地中海之梦——我踏入山坡上的草地与小径，空气是潮湿的，天空是粉红的，视线尽头的金色光线呼之欲出，花草尚未醒来，松鼠却掠过草尖。

这依然是莎士比亚身前与身后那个永恒的世界。

新世界的旧舞步

天上的高乔

甜上加甜

有名的与没名的

布宜诺斯艾利斯

圣卡洛斯－德巴里洛切

天上的高乔

　　一前一后,两辆老式皮卡——后面一辆蓝色的是福特,被前面一辆牵引着,噼噼啪啪一路宣泄着废气的烟幕;前面一辆白色的,仿佛刚刚从汽车公墓中溜出的幽灵,周身遍布"僵尸抽象表现主义"艺术家酷爱的污迹与锈痕,它甚至没有厂牌,后视镜和门把手也都是自制的,洋铁铺的手艺。它们磨磨蹭蹭,正试图翻越阿根廷巴塔哥尼亚高原北部的一座山丘,两条狗不紧不慢地追赶。

　　"我到过那儿,"几十年前,豪尔赫·路易斯·博尔赫斯对前去布宜诺斯艾利斯拜访他的美国游记作家保罗·索鲁说道,"但我不喜欢。我还是会告诉你,那是一个荒凉沉寂的地方,非常荒凉的地方……巴塔哥尼亚什么也没有,它不是撒哈拉,但相似到你几乎可以在阿根廷到达撒哈拉。没有,巴塔哥尼亚什么也没有。"当时,保罗·索鲁尚未写出《老巴塔哥尼亚快车》,但在日后的那本

数百年前，欧洲人来到南锥体，"从此销声匿迹，把他们的文化运进山谷里，再不管外部世界的纷纷扰扰"。我在阿根廷巴塔哥尼亚高原北部的一座山丘上邂逅的两辆老式皮卡，似乎正是对于"销声匿迹"的一种悄然回应。在这片西倚安第斯山脉，东部向大西洋敞开，北抵科罗拉多河，南至美洲大陆南端合恩角，南北长达两千多公里的高原上，选择"销声匿迹"便是选择相对传统的生活。豪尔赫·路易斯·博尔赫斯曾对前去布宜诺斯艾利斯拜访他的美国游记作家保罗·索鲁说道："那是一个荒凉沉寂的地方，非常荒凉的地方，巴塔哥尼亚什么也没有，它不是撒哈拉，但相似到你几乎可以在阿根廷到达撒哈拉。"保罗·索鲁日后写出了《老巴塔哥尼亚快车》，他却非常赞同阿根廷国家图书馆馆长的观点："这地方空洞到令人瞠目结舌，博尔赫斯称之为荒凉沉寂；不，不是荒凉，而是近乎一无所有，上头根本没有足够的东西以形成气氛。"我眼前的景色，似乎并未辜负博尔赫斯与保罗·索鲁的描述。然而，老式皮卡排泄出的废气的烟幕便是一种气氛，意味着它的主人的灌木式生存——尽量维持低矮的姿态且抱成一团，以便应对时速或可高于110公里的狂风。这种生存方式尽力为起起伏伏的荒凉增添一点农业的气氛。

书里，他却非常赞同阿根廷国家图书馆馆长的观点："这地方空洞到令人瞠目结舌，博尔赫斯称之为荒凉沉寂；不，不是荒凉，而是近乎一无所有，上头根本没有足够的东西以形成气氛"，"要一个人花好几个月的时间独自旅行，来到巴塔哥尼亚，然后不觉得自己是做了相当愚蠢的事，恐怕不可能"。

我眼前的景色，似乎并未辜负博尔赫斯与保罗·索鲁的描述。除了作为入侵树种的松树挺拔且常绿，欧洲移民抵达之前已扎根于此的那些原生树种——大多数是灌木——都尽量维持低矮的姿态且抱成一团，以便应对时速或可高于110公里的狂风。坐在我身边的野生鸟类专家罗伦佐·辛普森（Lorenzo Sympson），指点着不远处一株几乎匍匐生长的南青冈科小树：那儿就是风最大的地方。

时值南半球初秋，原生树种群落正顺势而为，将叶片染作深浅不一的红色或黄色，静候数周之后彻底的萧瑟，也就是博尔赫斯排在荒凉之后的那个词——"沉寂"。我们的汽车在碎石不断蹦跳着叩问底盘的即兴爵士乐曲中超过两辆皮卡，停了下来，但保持着礼貌且安全的距离。我们离开汽车，退回去与皮卡司机打招呼。1519年，当追随麦哲伦来到南美洲南部的意大利学者安东尼奥·皮加费塔，在大西洋沿岸今日里瓦达维亚海军准将城一带，以海滩上留下的巨大脚印命名巴塔哥尼亚的时候，脚穿笨重的鹿皮鞋，依然使用着石器时代技术的印第安人是这片高原的主人，巴塔哥尼亚意谓"巨足"。而如今，欧洲各国移民的后裔继承了"巨足"，他们花上几百年时间，尽力为起起伏伏的荒凉增添一点农业的气氛。两位司机身材不高，拙于言辞，但极为友善，如果扣除人种因素，他们脸上拘谨的笑意与你能在世界上任何边远地区遇到的并无二致。罗伦佐有个妹妹，也定居在附近，虽然眼前的山丘距离内格罗河省的绿洲城市圣卡洛斯－德巴里洛切（San Carlos de Bariloche）不过半小时车程，但在生活方式上，却相差一两个世纪。罗伦佐的妹妹不使用任何电器，所有劳作均依赖手工或是马匹，当有人问起，生活在山上，连电视都没有，是否感到无聊，她如此回答：每天忙都忙不过来，怎么会感到无聊。的确，大自然不会让愿意与它相处的人感到无聊，尽管相处方式并不总是那么有趣。在这片西倚安第斯山脉，东部向大西洋敞开，北抵科罗拉多河，南至美洲大陆南端合恩角，南北长达2 000多公里的高原上，选择定居便是选择相对传统的生活，也就是更贴近自然节奏的生活，甚至被城里人视为浪费时间的生活——许多时候，你一天只能做一件事情，比如徒步进城，去一趟超市。

　　我们打算换一种方式浪费时间。于是，离开不知所措的皮卡司机之后，汽车煞有介事地开上200米，而后再度停靠路边。英国摄影师詹姆斯·贝德福德以为在这里能看到被当地人称作康多（Condor）的秃鹫，但其实什么也没有，目力所及之处，能够称得上活物的，只有几头牛，它们正站在山谷间为阿根廷牛排的美誉而静静地长肉。我们下车，司机端出马黛茶，请所有人以同一根吸管轮流饮用——噢，原来是茶歇时间，尽管我们刚刚出发不到半个小时。马黛茶的饮用习惯源自印第安人，这种冬青科常绿灌木的苦涩叶片有助于弥补饮食结构中缺少蔬菜造成的维生素匮乏，西班牙殖民者到来之后，迅速对其表现出浓烈兴趣，耶稣会遂将野生灌木移入种植园，径以大规模生产取代低效率的森林采摘，使得马黛茶日后跻身阿根廷生活方式标志之物成为可能。当高乔人——印第安人与西班牙人相互强奸制造的混血人种——现身于南美大陆的时候，他们已经习惯于借由马黛茶开始一天的"悲催生活"。何塞·埃尔南德斯创作的史诗《马丁·菲耶罗》中的同名主人公便是如此。这位热衷于挥舞三星球索，弹奏六弦琴，自叹"无木桩能够蹭痒，无树叶可以遮阴"的苦水中泡大之人，显然并不知道自己的形象将在日后被册封为阿根廷民族性格的基本来源：富有同情心，典雅，热衷荣誉，忠诚和慷慨。聪敏于民众主义的20世纪政治家，为了与被压迫阶级的优秀代表马丁·菲耶罗拉近距离，更愿意凭借一根吸管塑造公共形象，这真是一个简洁有力的办法，就像甘地的纺车，足以迅速为投票箱赋予魔力。只不过，政治家必须甄别场合，谨慎选择吸管的材质：木吸管还是银吸管？有的时候，这也是一个哈姆雷特式的问题。

　　马黛茶杯在灌木丛间传递。我们围着一只犰狳留下的洞口，大胆吮吸沾满彼此口水的吸管，为这份获取自世界上人口密度最低地区之一的友谊点赞。没错，马黛茶拥有强大的社交功能，尽管致力于推销它的现代商人总是强调其含有包括12种维生素在内的196种活性营养物质，其对于健康的价值远远超越任何其他可食用植物之类的电视购物辞令，但他们显然忽略了真正的重点——马黛茶就是阿

只有遥远的秃鹫依然守望着怀旧电影道具似的铁路骨架,它那极低的使用率正在将荒凉沉寂的气氛一点一点归还自然。

根廷版不插电的脸书,它极富亲和力,用户黏性极大,友谊的转换率也极高——不妨这样设想,如果在南美洲大规模种植马黛茶的耶稣会是今天的一家创业公司,至少可以获得数百亿美元的估值并前往纳斯达克敲钟。

风高物燥,景致显现出简单骇人的原型——如果不是身边铺有那条穿越巴塔哥尼亚的老式铁路,眼前的地貌应与史前无异,公元前5万年亚洲猎人穿过白令海峡之后见到的世界,肯定与此相去不远。

罗伦佐乐于为我介绍荒凉气氛中的一草一木,亦即马黛茶之外,丝毫也不具备社交属性的植物。比如可以加工成洗发香波甚至饮料的帕拉梅拉(Baramela),那是山坡上随处可见的羽状香草,用手一捻,就会留下浓烈气味。而缀满红色椭圆浆果的灌木玫瑰果(Rosa Mosqueta),则堪称巴塔哥尼亚主妇闺密,它的果实富含维生素,是当地人钟爱的果酱原料,也被制成多种美容产品。不过,在马丁·菲耶罗一面亲吻酒盅,一面高唱"一旦我自由自在,田野上鲜花盛开"的年代,南美居民却尚未见到玫瑰果的身影,这种植物是由日后逃离欧洲战场的德国人带来的。巴塔哥尼亚高原的植物谱系恰如高乔人种,不乏殖民过程之造设。除了无心插柳,欧洲移民更是有意栽花,他们为阿根廷添出几百个世界一流的葡萄园、果园和甘蔗园，一如保罗·索鲁所说，威尔士人、德国人和意大利人来到这里，"从此销声匿迹，把他们的文化运进山谷里，再不管外部世界的纷纷扰扰"，仅在巴塔哥尼亚，南欧后裔便创造出了美洲南部的葡萄酒纬度纪录。

  浇灌茶叶的热水壶差不多见了底，罗伦佐终于举起双筒望远镜，开始搜寻秃鹫的踪迹。然而：天空没有翅膀的痕迹，但鸟儿已经飞过。于是，我们上车，继续去山里辗转。这次开得较远，我们途经季节性干涸的小湖，路过每周仅有一趟火车的站台，直至一条沙土小路的尽头。温度很低，罗伦佐戴上了手套。风高物燥，景致显现出简单骇人的原型——如果不是身边铺有那条穿越巴塔哥尼亚的老式铁路，眼前的地貌应与史前无异，公元前5万年亚洲猎人穿过白令海峡之后见到的世界，肯定与此相去不远。整株树干或整根铁轨充任的电线杆以贾科梅蒂作品的方式倾斜着，与黄色灌木匍匐的方向一致，远远望去，它们凑成了一具蒸汽时代幸存的恐龙骨架，残破而疏离。100年前，这副骨架曾经彻底改变了阿根廷，英国人铺设的铁轨将一批又一批移民送往羊驼都不愿意前去的地方，使得这个国家在20世纪初叶迅速成为拉丁美洲经济发展的火车头。而今天，只有遥远的秃鹫依然守望着怀旧电影道具似的骨架，它那极低的使用率正在将荒凉沉寂的气氛一点一点归还自然。

  罗伦佐从汽车后备箱取出一套厉害的家伙：先是专业三脚架，而后是一台布宜诺斯艾利斯圣特尔莫区的古董市场里也寻不见的老式施华洛世奇单筒望远镜。借助清晰的取景器，我望见了几公里开外一只气定神闲的秃鹫。它盘踞于山崖顶端，应该有1米多高，30几磅重，脖子上系一条毛绒绒的白色围巾，身披类似斗篷的黑色蓬秋——对，它的打扮与热衷装饰的高乔人（如果在今天，都是网红的好胚子）还真是有几分相像——唯一不同的是它没戴礼帽，露出了好勇斗狠的秃顶。由此可见，它算是一名老炮，因为年轻雄性秃鹫的脖子上没有白毛，雌性秃鹫则周身灰褐。然而，事实上，好勇斗狠只是大多数人对于秃鹫的误解，它并不主动袭击猎物，它不想当屠夫，只想成为一名高级餐厅里安静的美男子，它喜欢吃现成的东西，比如其他物种的尸体。如果你一动不动躺在草地上，它会飞近观察，看看你是否真的死了，如果你睁开眼睛，那就不是它菜单上的选择。秃鹫喜欢把崖顶当作虎皮交椅，一览众山之小，却绝无法西斯情怀，因为那不过是擅用气流的癖好使然——谷地空气受热，汇聚成流，紧贴山势上升，恰好成为托举身材庞大的秃鹫起飞之力。天上的高乔颇为欣赏这一绿色环保、节约能源的好办法，它们甚至将自己的公寓也按揭在风化的崖壁石穴中。

忽然之间，取景器里，蓬秋化作一双伸直的黑翅，老炮一跃而起，迎着气流盘旋升腾，翩然翱翔，它的仪态极为轻盈，仿佛只是被风吹起的一页纸片。罗伦佐又取出一样宝贝：两根秃鹫翎毛。他举起翎毛伸直双臂，告诉我们，这就是秃鹫两翼的长度。看上去，那就像一架小型民用滑翔伞的宽幅。他又迎着风的脸蛋挥舞羽毛，噼噼啪啪抽打出一串节奏——没错，羽毛也是乐器，似乎足以为民间舞蹈"西埃利托"（Cielito）、"维达利塔"（Vitalita）或"特里斯特"

天气不好,巴塔哥尼亚高原显示出其幽暗压抑的一面。不过,"幽暗本来就是阿根廷气质的一部分",一如保罗·索鲁的判断,"那并非一种戏剧化的幽暗,而是灵魂的潮湿,是移民人士在远离家乡下雨的午后所感受到的卑微忧郁"。

(Triste)伴奏。阿根廷人总有办法将任何东西都变成乐器,陪自己聊天,伴自己跳舞,或是干脆成为拔出刀子决斗的前奏。

  除了秃鹫,巴塔哥尼亚高原还生存着多种鹰隼,比如同样只吃死尸的黑美洲鹫(Black Vulture),以及死的活的通吃的凤头尸鹰(Crested Carrion Hawk)。它们经常厮混在一起,蹲在公路边的土堆上守株待兔——它们的确是在等待野兔而非戈多,它们业已领悟如何利用人类的存在方便地获取食物,那些没头没脑飞驰而过的汽车便是最好的"株",中国人的寓言完全失效,川流不息的公路一如麦当劳柜台,源源不断地为懒得捕猎的猛禽提供立等可取的汉堡。返程路上,我们便目睹了它们如何瓜分一顿美餐。

甜上加甜

抵达圣卡洛斯-德巴里洛切的那天,从机场前往25公里开外的峣峣度假村(Llao Llao Hotel & Resort, Golf-Spa)的一路上,我迅速理解了为什么布宜诺斯艾利斯的有钱人喜欢在这里安置第二个家。虽然博尔赫斯将巴塔哥尼亚与撒哈拉相类比,但实际上,这片高原多有森林、湖泊与冰川,而圣卡洛斯-德巴里洛切则将三者集于一身,冰川深凿的大湖与积雪覆盖的山峰如影随形,森林点缀其间。我可以想象,也许在欧洲后裔的集体记忆中,这里便是瑞士或奥地利的最好替身。

天气不好,巴塔哥尼亚高原显示出其幽暗压抑的一面。不过,"幽暗本来就是阿根廷气质的一部分",一如保罗·索鲁的判断,"那并非一种戏剧化的幽暗,而是灵魂的潮湿,是移民人士在远离家乡下雨的午后所感受到的卑微忧郁"。然而,一场雨后,浓烈的夕光又为一切镀上一层薄金,灵魂的潮湿换作视觉的狂喜,尤其是那些细瘦钻天的本地白杨(Alamo),它们作为湖岸防风林木而被成片栽种,它们披挂的明黄秋叶并不比奥地利象征主义艺术家古斯塔夫·克里姆特笔下的金雨逊色。这就是阿根廷气质的另一部分,拥有金属质感的狂喜格外黏稠。

勾留湖区期间,我先后落宿于3家酒店,峣峣度假村无疑是最好的一处。它的内部气氛让我想起托马斯·曼的《魔山》,外部

峣峣度假村让我理解了为什么布宜诺斯艾利斯的有钱人喜欢在这里安置第二个家。虽然博尔赫斯将巴塔哥尼亚与撒哈拉相类比，但实际上，这片高原多有森林、湖泊与冰川，而圣卡洛斯-德巴里洛切则将三者集于一身，冰川深凿的大湖与积雪覆盖的山峰如影随形，森林点缀其间。我可以想象，也许在欧洲后裔的集体记忆中，这里便是瑞士或奥地利的最好替身。度假村的内部气氛让我想起托马斯·曼的《魔山》，外部景致则更是独一无二：脚踩山坡，纳韦尔瓦皮湖、莫雷诺湖、特罗纳多峰与洛佩茨峰高高低低将其簇拥环抱，这也就是说，它像一台VR摄影机，拥有360度风光视野。"峣峣"为我所译，用其高直本意。"峣峣者易缺,皎皎者易污。"那句世故的中国老话并不适合此地——我之所见，唯有雪顶峣峣，水月皎皎，不缺亦不污。

景致则更是独一无二：脚踩山坡，纳韦尔瓦皮湖（Lake Nahuel Huapi）、莫雷诺湖（Lake Moreno）、特罗纳多峰（Tronador Mountain）与洛佩茨峰（Cerro Lopez）高高低低将其簇拥环抱，这也就是说，它像一台VR摄影机，拥有360度风光视野。

"峣峣"为我所译，用其高直本意。"峣峣者易缺，皎皎者易污。"那句世故的中国老话并不适合此地——我之所见，唯有雪顶峣峣，水月皎皎，不缺亦不污。而Llao Llao在当地语言中的原意，却是"甜上加甜"，原住民借此形容一种蘑菇的味道。我的卧室正对湖湾，水畔草甸与林木，有时属于鹦鹉，有时属于草雁，一群又一群，无时无刻不显现自然的黏稠甜蜜。湖湾对面便是"峣峣"——前后三叠雪峰，巍然出众。

清晨时分，皎皎者尚未褪去，妖仙一般的雾气已从湖里冒了出来，她们紧贴湖面，低矮地徘徊，以芭蕾舞拼命想要模仿而不可得的一种步调，倾斜，推移，回转，动作不多，却变化无穷，轻盈而无肉欲之感。也许是微风，也许是渐渐回升的热量，将她们推来揉去，使她们来来回回在水面的舞台上方游荡。有些心怀远方的妖仙，急匆匆向着峣峣者的方向赶去，乃至终于挣脱湖面，升腾而起，与林间涌起的雾气汇合，成为漫长的一线横云，直向雪峰的腰间缠绕而去。雪峰一言不发，白皑皑地映照着淡粉色的天空，淡粉色的湖面。送出横云的树林则是黑黝黝的，但黑得有深有浅，浅的地方就像洒过一层糖霜。

我一般在这时起床，开始观察粉色调中如何渗入更多阳光，我的卧室正对湖湾，正对巍然出众的三叠雪峰。清晨时分，妖仙一般的雾气从湖里冒了出来，来来回回在水面上方游荡，甚至成为漫长的一线横云，直向雪峰金灿灿的腰间缠绕而去。

浇筑出三叠雪峰金灿灿的尖顶。湖中近岸处,毛绒绒的高草为金色倒影增添脏而细密的笔触,仿佛保罗·克利正以刮擦的方法处理画面。此刻,眼前的世界仿佛两种时间共存:金灿灿的白昼,以及林间烟云弥漫的暗夜。云雾越来越浓,终于遮去一座山峰,金光亦渐渐变白,倒影亦变浅,终至明澈。鸟儿开始此起彼伏地啼鸣。新的一天就这样婉转地开始了。

我花了几天时间体验湖水的乐趣。先是由向导朱利安·多纳泰利(Julian Donatelli)带去尝试皮划艇。他祖籍意大利卢卡,热爱钓鱼与摄影——是啊,如果没有这两样爱好,简直辜负了这个地方。我们从一个叫作巴伊亚·洛佩茨(Bahia Lopez)的小港湾出发,划动双桨滑入清澈见底的纳韦尔瓦皮湖。秃鹫在附近的山崖上空盘旋,老炮似乎正在给雏儿们上物理课,试图教会它们如何驾驭气流并寻觅食物。崖顶的积雪融化成崖壁上的瀑布,丰水期的时候,瀑布多达五六条,而这一天,在进入第一个湖岔(arm)之前,我只见到两条。朱利安说,冰川的移动与切割造就了纳韦尔瓦皮湖的六个湖岔,很久以前,印第安人为狩猎美洲豹而来,所以"纳韦尔瓦皮"其实是美洲豹岛的意思。我们将皮划艇泊在湖心,开始无所事事地浪费时间——这是高原生活中最重要的事,享受自然的宁静与时间的缓慢。爱因斯坦承认这一点,我飞越大半个地球来到这里,不就是为了领略没有绝对过去,也没有绝对将来的相对时态吗?从雪山的智利一边飞来的安第斯鸥也在湖面上无所事事地赞同着爱因斯坦。当天晚上,我在峣峣度假村冒着雾气的室外温泉游泳池里,遇见一对智利年轻人,他们开3个小时的车来到这里,住一晚上,看看雪山的反面以及银子般的湖畔,然后再回去。作为南锥体(南美洲南端锥形地带)的西部屏障,南北延伸的安第斯山脉曾经构成了历史上旅行和贸易的一个难以克服的障碍;而今天,当年驮运白银的骡队消失不见,安第斯已被20世纪的文学与想象塑造为一种乐趣。因为巴勃罗·聂鲁达,我与两位年轻人迅速取得共识,我看过的电影《邮差》他们没有看过,但他们告诉我,智利正在拍摄一部新的关于聂鲁达的电影,马上就要上映。我们一起回望"远处山巅日落的盛会",以不同语言回想聂鲁达的诗句:

我们甚至遗失了暮色。
没有人看见我们今晚手牵手
而蓝色的夜落在世上。

好了,似乎扯远了,还是回到安第斯鸥近在咫尺的相对时刻,我们再度操起彩色的船桨,划向不远处密林覆盖的一座岛。美洲杜鹃(Chucao)在阴翳处嘀嘀咕咕,它是这一带常见的十几样鸟类中的一种,可被细分为灰美洲鹃、黑嘴美洲鹃、珠胸美洲鹃、暗嘴美洲鹃,等等。林间也有很多大啄木鸟,啄木鸟品种在阿根廷亦可被无限细分——上帝在此造物并不热衷于性冷淡的极简风,而是推崇极多主义。

上岸后,我们穿过玫瑰果点缀的多刺灌木丛,拐向一座小丘的顶部，结果被一块漂亮的黑板拦下。

"欢迎来到巴塔哥尼亚！"那是布宜诺斯艾利斯的时髦咖啡馆惯常使用的花式字体。一位老妪闪出树丛，白衬衫，花围裙，头戴椰子纤维遮阳帽，笑嘻嘻地自称帕奇（Pachi）妈妈。"公共妈妈"是意大利人对于完美母亲的一种定位甚或期待——她在厨房中为你准备一切，你来的时候接纳你，你走的时候任你自去，就像卡夫卡的法庭——这一判断出自费德里科·费里尼。作为意大利后裔的帕奇妈妈将我们引向坡顶的一张餐桌，红白相间的格子桌布上面，装饰着随手采摘的浆果与树叶，衬托出4盘手工点心。当然，创造友谊与信任的主体依然是互相品尝唾液的马黛茶。马黛茶的具体做法有点像马拉多纳对于足球技艺的理解，基本规则之上，尽是随心所欲如入无人之境的即兴创作。帕奇妈妈首先请我们品尝了一回极苦的，类似中国的苦丁茶或是马丁·菲耶罗的人生，而后添入白糖，仿佛英国人烹煮红茶。除此之外，她还准备了由橘子、苹果等多种水果混合而成的本地饮料，以便使莓子饼干与玫瑰果酱饼干的味道"甜上加甜"。智利飞来的蜜蜂迫不及待地加入我们，丝毫也不见外，赶都赶不走。项庄舞剑意在沛公的叫隼（Chimango）则相对成熟，这种看上去比鸡还小的猛禽假装在不远处的湖滩上漫步，仿佛伦敦特拉法尔加广场的鸽子，暗暗向上帝祈祷野餐的人类尽早离去并留下越多越好的食物。

另一种体验由祖籍西班牙的美女向导索菲娅·德查诺斯平托（Sofia Tezanospinto）相伴，以披头士乐队的《黄色潜水艇》开场:"在我出生的家乡小镇,/居住着一位老船长,/他常对我讲起往事……" 我们依旧从巴伊亚·洛佩茨出发,跳上一艘白色游艇,船长桑德罗·帕加德(Sandro Pargade)正在播放这首欢快的乐曲,虽然标题并不吉利,但桑德罗不以为意,生于斯长于斯的他熟悉湖水甚于自己的妻子——这是我瞎猜的。我们恨不得蹦蹦跳跳地启航,不多时便拐入纳韦尔瓦皮湖中一道名为"悲伤"(Brazo Tristeza)的湖岔,直向其幽僻的尽头驶去,"直到我们找到一片碧绿之海"。

我们将皮划艇泊在湖心,开始无所事事地浪费时间——这是高原生活中最重要的事,享受自然的宁静与时间的缓慢。爱因斯坦承认这一点,我飞越大半个地球来到这里,不就是为了领略没有绝对过去,也没有绝对将来的相对时态吗?

"悲伤"被披头士煽动得极其欢乐,"悲伤"几乎为我们所独享——只有4艘游艇拥有此地通航的执照,但在这一天里,显然见不到其余3艘。驶入"悲伤"未久,手机信号便告中断,唯有自然能够继续运营信息:我们都是神的孩子,有脊椎和没脊椎的,有翅膀和没翅膀的,有脚和没脚的,有鳍和没鳍的,有爪和没爪的……凌驾于浓绿的乔木层与红褐的灌木层之上的安第斯山雪顶,为神的孩子送出更多可供饮用的瀑布,而雪顶中较为巍峨的一座,却被唤作雷峰（Cerro Tronador），因其不时祭出雪崩，声如鸣雷，仿佛犹太教里震怒的上帝。索菲娅如数家珍，这边一对是兄弟瀑布，那边一条名为维多利亚，水势更大，蔚然壮观……欧洲后裔对于维多利亚时代的感情极为复杂，那是最为道貌岸然的时代，也是私生子数目最多的时代。当第一次世界大战降临，欧洲人不仅哀叹上帝死了，世界死了，甚至认为人也死了，原因便是再也不可能回归维多利亚时代。那份情感被携至新大陆高原上世界尽头般的角落，自有几分"应当发愿愿往生，客路溪山任彼恋"之味。

"悲伤"尽头，现出一片原始森林。出于保护环境的目的，游艇不被允许靠岸。桑德罗早已准备好一艘无动力摆渡船，那是他以8只汽油桶扎成的浮舟，稳定性极好。我们缓缓上岸，穿过狭窄的石滩便站入一块一米厚的地毯——对，就是那种感觉，异乎寻常地松软，某个国家为元首特制的地毯，我体验过一回。而眼下这块地毯，由苔藓、落叶与蘑菇织成，手艺人名叫时间，无始无终的时间。我们脚踏湿漉漉的时间织物，穿过野猪留下痕迹的小径，走向以第一个到达这里的丹麦人命名的卡斯卡达瀑布（Cascada Frey）。林间披挂出许多淡绿色的须状物，我曾在云南与西藏交界的山地"那宗拉"遇见过类似的寄生植物，纤如丝，飘如絮，仿佛枝桠间的胡须。它被藏人称作"哈达"——如果神真的存在，它应该显现于周围的一切事物之中，自然也包括这些"哈达"。而从生命科学的角度来看，它实际上又是环境是否优越的试金石，一丁点污染即足以令其消失。

（左）松树挺拔且常绿，松果悄无声息地为这一入侵树种扩张领地。
（中）这种淡绿色的须状物实乃环境是否优越的试金石，一丁点污染即足以令其消失。
（右）林间的地毯由苔藓、落叶与蘑菇织成，野猪为湿漉漉的小径留下痕迹。

新世界的旧舞步

巴塔哥尼亚高原上的公路常常成为多种鹰隼的麦当劳柜台，源源不断地为懒得捕猎的黑美洲鹫与凤头尸鹰这样的猛禽提供立等可取的"汉堡"——那些不慎被车轮碾过的野兔。

    我们跨过一条溪流，桑德罗指着水中的黑影，告诉我们那是鳟鱼。巴塔哥尼亚高原的水域盛产彩虹鳟鱼、栗色鳟鱼与溪流鳟鱼，也是鲑鱼、河鲈和巴塔哥尼亚银镜鱼的天下。鳟鱼喜欢逆流而上，尽管不远处沿着石壁波折而下的瀑布是它们冒险事业的尽头，它们无法脚踩滑板飞跃U型障碍的顶端，但黑影们依旧默默努力着，尤其是在那些喜欢议论嘲笑的候鸟已经动身前往北美的寂静时刻——"我喜欢你是寂静的"，聂鲁达如此写道。

    桑德罗却不喜欢寂静。归途船上，他播放古典音乐为我们佐餐，但道貌岸然显然不是他的菜，必要的礼貌之后，他果断地切换至危机四伏的探戈音乐，并鼓励索菲娅来上一段。此刻，湖上起了波浪，酒杯几乎滑下餐桌，对尿骚味浓烈的探戈并不感冒的索菲娅镇定自若地走来走去，忙着为我们准备更多菜肴。她的身体平衡感或许来自另一个职业：单板滑雪教练。而她的内心平衡感，则来自巴塔哥尼亚的纯净自然——她是地道的布宜诺斯艾利斯人，但为了女儿能有一个甜美的成长环境，她义无反顾地来了这里。

有名的与没名的

"我告诉孩子们,自然界的动物,只要没有名字,都是别人的食物。" 路易斯·伊格纳西奥·潘纳卡(Luis Ignacio Pennacca)以这样的方式解释看上去有点残酷的自然规律。这位热爱美食的意大利后裔,在1999年买下皮奥玛霍(Peuma Hue)一带的大块土地,建起白杨庄园(Casa de Los Alamos),以及附近的马场,为的是让他的孩子们从小生活在自然里,长大成人之后对童年怀有童话般的回忆。

白杨庄园的确像一个童话,风一吹过,我们便沐浴在白杨因颤栗而抖落的金光闪闪之中。它就像一张明信片,虽然无法孤立于弱肉强食的生存秩序。我们在品尝了番茄南瓜合烹的汤羹、左近溪流中的鳟鱼,以及花园里的莓子制成的甜品之后,伴随着班都利亚鸟(Bandurria)的鸣叫,打马奔入童话故事里才有的森林。

森林有点潮湿,而且阴冷。童话故事也分为两类,比如格林兄弟的作品,最初的残酷版本,以及日后的修缮版本。而真实的森林,只能是前一个版本。有名字的人类也会成为别人的食物,而且并不比其他动物高级;没有名字的动物也有意识,能够控制行为,适应群居,学习事物。这是我在马背上胡思乱想得出的结论。我跟在美国加州来的驯马师杰西·麦克尼尔(Jessie Mcneil)的坐骑身后,爬上山坡又降至谷底,随后紧贴湖岸狂奔,脑海里掠过一帧又一帧好莱坞大片《荒野求生》的画面。欧洲人到来之前,印第安人并不善用马匹,他们仅仅将其视作没有名字的食物。当查科印第安人从西班牙人那里领悟到马匹的重要性后,他们也翻身上马,迅速成为具有侵略性的狩猎部落,并不断兼并边缘部落。而今天,在巴塔哥尼亚的多数地区,马匹依然比路虎更实用。那些棕身、白脸、白蹄的农用器械,稍一奔走,便展现出极其优雅的盛装舞步。近朱者赤——骑马的人与窝在办公室里的人,谁更容易获得高贵的仪态,这不难想象。

骑马的人与窝在办公室里的人,谁更容易获得高贵的仪态,这不难想象。

马匹是整个美洲传统故事的主角,而当铁路出现之后,许多善恶斗争的故事都挪到了铁轨上,比如邮车大盗布奇·卡西迪(Butch Cassidy)的传奇。在烤肉架餐厅(Parrilla Restaurant),詹姆斯·贝德福德激动地指给我看墙上的旧照片:那就是他!照片很模糊,只有烂熟于心的人才认得出来,就好比我爸爸看着一张破纸都知道是谁去了安源。布奇·卡西迪是美国西部一个小镇的劫匪头目,他在被警方通缉之后逃亡南美,经历被拍成电影。烤肉架餐厅的老板坚称其来过这里,还吃了饭,有照片为证。电影里并没有提

铁路出现之前,马匹似乎是整个美洲传统故事的主角,尤其涉及善恶斗争的故事。但在欧洲人到来之前,印第安人并不善用马匹,他们仅仅将其视作没有名字的食物。

到这一点，甚至没有提到他来过阿根廷。然而，詹姆斯宁愿信其有。有一点可以确认的是，只要邮车大盗抵达过德巴里洛切，他应该会溜达到这家餐厅，因为历史上的第一幢房子就在餐厅身后，这里是湖岸最早的定居点。

詹姆斯反复论证，我终于相信了布奇·卡西迪的确落脚于此。事实上，德巴里洛切也是二战之后一些纳粹分子的避居之地。甚至有传说声称，希特勒金蝉脱壳之后，亦匿于此，机场书店里便兜售着这样一本书。不管怎样，这一带的确有不少上好的啤酒餐厅，泡沫里泛着日耳曼的影子，仿佛说德语的狄俄尼索斯。比如松林小屋一般的吉尔伯特（Gilbert），它的啤酒仅以4种原料酿成，只有黄啤、印度黄啤和黑啤3个品种，不供应餐厅及邻里之外的顾客，因为它的生产能力实在有限，3个酿酒桶便几乎是作坊的全部家当。而艾尔卡斯柯艺术酒店（El Casco Art Hotel）附近的贝琳娜（Berlina），啤酒品种较多，品质同样不俗，餐厅里进进出出的顾客，多挂着艺术家的神情。

卡西斯（Casis）则是德巴里洛切的明星餐厅。我在飞机上就认识了女主人玛丽安娜·穆勒（Mariana Muller de Wolf）那张印第安基因凸显的脸，她被郑重其事印在杂志上，俨然当地生活方式领域的意见领袖。我和詹姆斯慕名前往，她的丈夫埃内斯托·伍尔夫（Ernesto Wolf）接待了我们。他闪烁着日耳曼人的透明蓝眼睛，为我们呈上掺入接骨木花（Elder Flower）的特别香槟，而后又为我们推荐了一款萨尔塔（Salta）出产的白葡萄酒，用来搭配太阳花蔬菜色拉和本地鳟鱼。我们也品尝了一下羊肉，因为埃内斯托声称它一点肥肉都没有，而且包含一股特别的香味。的确如此。只可惜我们错过了狩猎季节，因为其他季节没有野兔供应。我开始羡慕黑美洲鹫与凤头尸鹰，它们永远身处狩猎季节，虽然无法为野兔搭配近乎完美的阿根廷马尔贝克葡萄酒，但哪里又有完美的人生呢？

从来就没有什么救世主，
达达们团结起来到明天！

谁能治疗理性的疯狂？
爱因斯坦之后的《中国私语》
"没有什么意味"的魔力

巴塞尔

苏黎世

伯尔尼

谁能治疗理性的疯狂?

　　清晨6点多钟,蓝色有轨电车弥散出黄色灯光,叮叮当当在苏黎世歌剧院广场前转弯。它低头耸肩,似乎正费力穿越一场风雪——然而,费力只是旁观者的一种假想,实际上,它,以及这座城市中的一切,都像瑞士制造的钟表一样,日复一日精准运行,毫不费力地在时间中将勒内·笛卡尔身后的理性主义传统推送得更远。车窗中那些神情严肃赶往未来的人类剪影,既是理性主义的造物,亦是快递相应自负的齿轮、弹簧与传送杆。早年的超现实主义者、晚年的存在主义者阿尔贝托·贾科梅蒂所创造的那些瘦削而向前倾斜(屈服于线性时间与地心引力)的塑像,已经成为他们最好的注解,其中相当一部分,就被收藏在1公里之内的苏黎世艺术博物馆。

　　隔开沉睡的艺术博物馆与车灯穿梭的利马河岸的一片古城,此刻静悄悄地躺在山坡上,至少4个小时以后,游客才会大批涌入——

1916年2月5日,德国诗人及理论家雨果·巴尔和他的女友艾米·亨宁斯,以慕尼黑和柏林的酒馆为原型,在苏黎世老城中被称作"下村"的尼德道尔夫区域的镜子胡同1号,开出一家与法国启蒙运动旗手伏尔泰同名的酒馆。

它属于消费和娱乐,合法的红灯区也蜷缩在那里,时髦的店铺橱窗提示着它从未滞留于启蒙时代之前。我踩着新雪湿滑的石子路面,走过格罗斯大教堂前的小广场。消瘦但并不倾斜的双塔代表上帝注视一切,包括一步一顿走向伏尔泰酒馆(Cabaret Voltaire)的我,以及100年前那些醉醺醺的诗人、艺术家和野心勃勃的革命者的影子。他们中的绝大多数,并非瑞士国民,而是被另一种人类理性的产物——第一次世界大战的炮弹驱逐至此,中立的瑞士吸引并容留了他们,一如德法双籍的诗人及艺术家汉斯/让·阿尔普(Hans/Jean Arp)所说:"出于对1914年世界战争无谓杀戮的厌恶,我们在苏黎世献身于艺术。当枪声在远方发出持续而低沉的隆隆声时,我们竭尽全力唱歌、绘画、拼图、写诗。我们在寻求一种基于基本原则的艺术来治疗时代的疯狂,寻找一种可以在天堂和地狱之间恢复平衡的事物的新秩序。"

虽然并非所有苏黎世的流亡者都像阿尔普一样积极乐观,认为可以寻找到一种新秩序,甚至艺术可以重新被发明,成为混乱多变的20世纪的新宗教,但艺术家们的确因为厌恶战争而正在发明一种全新的运动。1916年2月5日,德国诗人及理论家雨果·巴尔(Hugo Ball)和他的女友艾米·亨宁斯(Emmy Hennings),以慕尼黑和柏林的酒馆为原型,在苏黎世老城中被称作"下村"的尼德道尔夫区域(Niederdorf Quarter)的镜子胡同1号(Spiegelgasse 1),开出一家与法国启蒙运动旗手伏尔泰同名的酒馆。酒馆内设一个小舞台,一架钢琴,以及供约50人就坐的桌椅。每当夜幕降临,这里便轮番上演街头歌谣、"黑人舞蹈"、诗歌朗诵等各式各样体现"现代情感"(人们在享受欢愉的同时也感到灾难迫在眉睫,生活支离破碎,失去了传统秩序的统一性与连续性)的节目,观演之间几乎没有任何空隙,观者经常对演者报以嘲弄,演者则以噪音相对抗。艺术家们声称自己部分地重现了第一次世界大战引发的心灵动荡,释放出连他们自己都觉得心神不宁的力量。

经常出没于伏尔泰酒馆的诗人和艺术家,除了汉斯/让·阿尔普——

他在此展览依据"机会定律"(类似于借助《易经》打卦,旨在发现混乱无序的自然模式与艺术的内在模式之间的交互作用)拼贴而成的极简作品——以及他的女友,瑞士纺织设计师兼舞蹈家索菲·托伊伯(Sophie Taeuber),她的头像将在数十年后被印制在50瑞士法郎的纸币上,创造出这一艺术流派的"作品"销量纪录;还包括罗马尼亚诗人特里斯坦·查拉(Tristan Tzara)、罗马尼亚艺术家马塞尔·扬科(Marcel Janco)、德国诗人理查德·许尔森贝克(Richard Huelsenbeck)、德国作家瓦尔特·塞纳(Walter Serner)、德国实验派电影制片人汉斯·里希特(Hans Richter)、瑞典实验派电影制片人维金·埃格林(Viking Eggeling)等。当时,他们最希望做的事,就是挑衅并颠覆以往的艺术观念,因为他们对人类的理性提出了质疑,比如汉斯/让·阿尔普,他在创作中转而寻求人类理性之外的"机遇";而且,在他们眼中,传统艺术已经被资产阶级意识形态严重侵蚀,油画和雕塑成为了闺房之中无聊的摆设,所以他们选用廉价的纸张或是随处可见的现成品,组合出新的结构,专注于表达观念,丝毫也不考虑作品的销路问题。在马塞尔·扬科的一幅原作业已遗失的绘画《伏尔泰酒馆》中,我们可以看到舞台上方悬挂着非洲面具。对于传统欧洲艺术家来说,那是一个他者的符号,伏尔泰酒馆的艺术家则平等看待来自不同地域的文化现象,并借此表达着对于现代战争的根源——民族主义——的厌恶。他们多半深深认同巴枯宁的无政府主义(当然,酒馆中的观众也包括少数共产主义者,比如从俄国流亡而来的列宁,从酒馆门口扔块石头,就能打到他租住在同一条街上的那幢公寓，镜子胡同14号），认同艺术首先要解决普遍的人性问题。正是基于这样的共识与默契，酒馆开业两个月之后，"达达"这一自我命名诞生了。

"达达"强调的是破裂与新生的观念：这是孩童发出的第一个声音，表达了一种原始感，它从零开始，是艺术的新生。

当时，诗人和艺术家们决定出版一份刊物。依据雨果·巴尔的日记《逃离那个时代》的叙述，是他本人提出了"达达"的概念，创造出这一凸显国际流动性的文化世界语："达达"在罗马尼亚语中意谓"是的，是的"，在法语中则为"木马"和"竹马"，对德国人来说，它又指向愚蠢的天真、生育的快乐以及对婴儿车的全神贯注的痴迷……不过，德国达达的代表人物理查德·许尔森贝克却声称，是他和巴尔一起快速翻阅词典的时候，发现了这个词，"达达"强调的是破裂与新生的观念：这是孩童发出的第一个声音，表达了一种原始感，它从零开始，是艺术的新生。

除此之外，关于"达达"的命名，还有形形色色的其他阐释，不一而足，无穷无尽，一如"达达"本身，自相矛盾地代表一切，又似乎什么都不是，只是将肯定和否定荒谬地混合在一起。仅我在苏黎世亲耳听到的，便有强调彼此呼应的"跷跷板说"，以及源自

纪念达达主义百年的活动成为一场彻底的狂欢。整个苏黎世都已沉浸于这种追溯，街头海报随处可见，名为《达达苏黎世》的城市地图上则标出了163个与这一运动相关的地点。

同名品牌的"肥皂广告说"，等等。早已为达达主义问世百年系列活动准备就绪的伏尔泰酒馆，在其内部被辟作纪念品商店的部分，悬挂着"达达"品牌的大幅沐浴用品广告；只不过，那不是1916年的原版，而是1966年的戏谑版，纪念达达运动发轫50周年，套用《哈姆雷特》的著名独白，喊出两行口号：达达还是不达达，这是个问题。广告下面，整齐码放出货真价实的肥皂，复刻版，价格很不达达，但也许会创造出达达主义艺术衍生品的年度销量纪录。

爱因斯坦之后的《中国私语》

"每天下午，伯尔尼的市民聚集在克拉姆巷的西端。三点差四分，即是时钟大楼向时间致敬的时刻。在高高的彩楼上，小丑跳舞，小公鸡鸣唱，而小狗熊呢，则是又吹笛又打鼓。他们机械的动作和声音，是完全依照各式齿轮的转动而同时合成的；当然也是时间的完美性质予人灵感，有以致之的。三点整，巨钟响三次，聚集的人群跟着钟声对表，然后回到斯派克巷中的办公室，回到马可巷上的店铺，回到婀娜河桥外的农场里去。"

美国理论物理学家艾伦·莱特曼的小说《爱因斯坦的梦》，如此记叙瑞士首都伯尔尼城中那座修建于1530年的钟楼。我被怀揣钥匙的导游引往钟楼上方的中央机械室，随即置身于笛卡尔时代之前的权力心脏——时间产房。在这座钟楼与不远处的大教堂刚刚竣工的16世纪，时间是绝对的，是无限的统治者，更是世间有神的证据，因为所有的绝对都是"唯一绝对"的部分。伯尔尼大教堂正门上方，石雕全本《最后的审判》，恫吓妓女及出轨之人必将赤身裸体坠入地狱——人可疑，而时间不可疑，"最后"审判一切，时间绝对的世界似乎不乏慰藉，钟楼便是追寻并测量绝对时间的工具——至少要等到20世纪初，伯尔尼专利局的小职员阿尔伯特·爱因斯坦（Albert Einstein）的身影出现在钟楼脚下的克拉姆大街的时候，时间的绝对性才会受到不乏依据的质疑。

伯尔尼大教堂正门上方，石雕全本《最后的审判》，恫吓妓女及出轨之人必将赤身裸体坠入地狱——人可疑，而时间不可疑，"最后"审判一切，时间绝对的世界似乎不乏慰藉。

中央机械室的原理并不复杂：纠集石头、绳子、铁杆、铁轴和铁球这些受制于地心引力的简单器材，将其精密而勤勉地组合，旨在传递误差最小的自然能量，接生口含银勺身为神迹的动态时间，并将每一声初啼交由外墙张悬的恢宏彩钟，以及那些按时旋转的小丑、公鸡和狗熊，化作一场又一场赞美"唯一绝对"的公众仪式。

爱因斯坦的思考，与奥地利心理学家、精神分析学派创始人西格蒙德·弗洛伊德对于人类潜意识的研究，以及作为"中央机械室"后裔的机器时代技术革新在武器领域的应用造成的后果，乃至从苏黎世伏尔泰酒馆所在的小街回到俄国的列宁发动的十月革命……共同改变了20世纪"观测者"的意识，扭转了人们对于世界的理解。

"时间产房"让我联想起400多年之后，同样出现在瑞士的另一类机械装置，它纠集钢铁、铜、铬或其合金、陶瓷、纤维、棉线、电线、弹簧、橡胶、电机、塑料玩具、鸟羽、皮毛、动物骨骼、酒瓶、帽子、车轮、木桶等现成品，借助焊接、电镀、喷涂、缠绕、弯折和拼插的方式，将各色材料不精密而不勤勉地组合，并催生疏松而荒谬的运动。如果说伯尔尼钟楼的所有努力都是为了向意义，且是绝对意义致敬；那么归于艺术家让·丁格利（Jean Tinguely）

名下的那些动态雕塑,则既不摹写时间,亦不生产物质,除去躁动便是盲目,乃是不折不扣地向无意义,且是绝对无意义致敬——自由而无用。

二者之间,究竟发生了什么?

爱因斯坦对于宇宙和时间的思考,肯定是改变20世纪人类意识的一个重要原因,尽管其并非唯一原因。当他租住克拉姆大街49号(Kramgasse 49)的时候,爱因斯坦想明白了一件事:时间没有绝对的定义。在艾伦·莱特曼的小说里,其后果便是"一些人发现,运动的时候,时间过得比较慢,于是焦急的人便以高速运动来增加时间",而另一些人则发现,"离地心越远,时间流动得越慢,一些热衷于青春永驻的人,便搬到山上去了,占据着阿尔卑斯山上的诸峰"……爱因斯坦的相对论极大地改变了人类对于宇宙和自然的"常识性"观念,时间的相对性当然不只包括运动的时钟会变慢,更意味着时间的最基本概念——它的"过去"、"现在"和"将来"的性质——发生了巨大变化。根据相对论的观点,对于在不同的方向或以不同速度运动的观测者来说,事件的时态没有绝对的过去,也没有绝对的将来。不同观测者的结论,在他们各自的参考系内,可能都是正确的,但在相对论里没有普遍一致的"现在"。如此一来,要命的问题出现了:"唯一绝对"的"最后"怎么办?

爱因斯坦的思考,与奥地利心理学家、精神分析学派创始人西格蒙德·弗洛伊德对于人类潜意识的研究,以及作为"中央机械室"后裔的机器时代技术革新在武器领域的应用造成的后果,乃至从苏黎世伏尔泰酒馆所在的小街回到俄国的列宁发动的十月革命……共同改变了20世纪"观测者"的意识,扭转了人们对于世界的理解。一方面是时间的绝对性被推翻,传统的"唯一绝对"深受挑战;另一方面,戴上新面具的"唯一绝对"又层出不穷,形形色色自我加冕的意识形态新势力,利用某些方向或速度领域的价值真空,匆忙搭建威权,杜撰标尺,打击其余。

1937年,"德意志第三帝国"宣传部长约瑟夫·戈培尔唆使举办过一场"退化艺术"(Entartete Kunst)展览。展品汇聚于慕尼黑,由"帝国文化协会"从全德国的博物馆和艺术收藏机构所没收的5 000多件艺术品中剔选出的650多件油画、雕塑、版画和图书组成。展览结构按照亵渎神明、侮辱女性、嘲弄士兵和农民、犹太艺术家作品等类别划分,意在引发公众对被贴上"退化艺术"标签的现代艺术的厌恶。出自梵·高、克利姆特、席勒、夏加尔、康定斯基、基尔希纳、诺尔德和科柯施卡等艺术家之手的作品被摆放得混乱又拥挤,而且与普林茨霍恩医生从海德堡精神病院搜集来的病人作品并置一处,策展者泼污水的意图昭然若揭,无非想说明现代艺术奇奇怪怪乃至堕落至极。然而,出乎"德意志第三帝国"统治者意料的是,"退化艺术"展览竟然吸引了超过200万参观者,这一数字是同期举办的专门呈现官方艺术标准的"伟大的德国艺术"展览参观人数的近三倍半,乃至被国际社会戏称为德国人向现代艺术的一次朝圣,以及暂时的依依不舍的告别。

曾就读于慕尼黑艺术学院,并先后执教于包豪斯学院与杜塞尔多夫学院的瑞士艺术家保罗·克利，已于1933年被纳粹驱逐，回到故乡伯尔尼。"退化艺术"展出了他的17件作品，他也被"第三帝国"的"唯一绝对"扣上了堕落的帽子。然而，在今天，他收获的却是这样的评价："保罗·克利是20世纪最多产的全能艺术家之一，由于他的天分是多方面的，所以很容易引起误解——似乎你可以任意选择一种方式来理解他……在克利的作品里，你能找到任何你想要的东西——它很深刻，也很复杂。"这段话出自意大利建筑师伦佐·皮亚诺之口，2005年6月，他设计的保罗·克利艺术中心（Zentrum Paul Klee）在伯尔尼郊外正式开放。而在2016年3月，当我第二次造访该地，中心正在举办两个意味深长的展览："保罗·克利：运动图景"（Paul Klee. Pictures in Motion）与"中国私语"（Chinese Whispers）。

"保罗·克利：运动图景"甄选自4 000余件馆藏作品，尤其是那些与运动相关的绘画。其主题既包括受制于重力的运动，比如行走，也包括试图超越重力的运动，比如舞蹈。展厅中播放的录像显示，保罗·克利关注的舞蹈，上承自苏黎世达达团体的"黑人舞蹈"，下衔于包豪斯运动的"几何芭蕾"。他所描绘的那些试图超越重力的运动，由"原始主义"的视野直通"理论化的时刻"。保罗·克利的作品中没有绝对真理，更因借助爱因斯坦时代的视野，而使得所有试图杜撰"绝对真理"的意识形态骗术显得幼稚可笑。

"中国私语"由瑞士联邦政府所在地两大艺术机构——伯尔尼艺术博物馆（Kunst Museum Bern）携手保罗·克利艺术中心共

同举办。70位中国艺术家创作于2002年至2015年间的150件参展作品，悉数出自前瑞士驻中国大使乌利·希克（Uli Sigg）的收藏体系，而且是其此类收藏最后一次亮相瑞士，这些展品将在2017年至维也纳巡展后，正式落户香港M+视觉文化博物馆。策展人凯瑟琳·布勒（Kathleen Buler）将展览分为"变化的痕迹"、"来自中国的全球艺术"、"与传统的关系"及"在消费狂热与精神追求之间"4个部分。其中，旨在记录和反思中国近期社会剧变的"变化的痕迹"，被设置于保罗·克利艺术中心，其余3个更专注于文化互动与全球化议题的部分，则借由伯尼尔艺术博物馆循序铺展。

对我来说，参展"中国私语"的大多数艺术家及其作品并不陌生，因为当前瑞士电梯公司员工希克入职北京大使馆，并以放弃个人审美趣味的百科全书式收藏方法，着手"替中国保存当代艺术品文献"的时候，我恰好也担任着一份艺术杂志的特邀编辑，甚至与若干被希克收藏作品的艺术家保持着良好的私交。但是在与策展人凯瑟琳·布勒朝夕相处的两天里——她坚持亲自为每一幅作品导览——我却发现了许多新鲜的视角，一如爱因斯坦的观点所揭示：不同观测者的结论各有参考体系，但没有普遍一致的"现在"。

"中国私语"这一命名，来自全世界小孩都爱玩的耳语传话游戏，其英语名称即为"Chinese Whispers"。耳语传话意味着期待、想象、误解、谣传和失真，这是全球化游戏的真相；但另一方面，陌生、难懂的"他者"本身，却并不会因为外界的误读和曲解而丧失原初的生机。布勒希望将这个展览放在欧洲正面临的空前

20世纪的遗产,一方面是时间的绝对性被推翻,传统的"唯一绝对"深受挑战;另一方面,是戴上新面具的"唯一绝对"又层出不穷,形形色色自我加冕的意识形态新势力,利用某些方向或速度领域的价值真空,匆忙搭建威权,杜撰标尺,打击其余。虽然"中国私语"来自百科全书式的收藏,作品的话语各有指向,但不难看出,当中国式的"绝对唯一"失效之后,艺术家们面对多重价值标准的交叉路口呈现出共有的复杂心态。实际上,如果剔除民族标签在国际市场上的商业价值,中国当代艺术便剩下一具持续向质疑开放的骨骼,相对主义立场弥散在大部分作品中。孙原和彭禹的电动装置作品《老人院》即是如此,一张张轮椅上,那些以让·丁格利的机械装置式节奏无规则移动的垂垂老者,正是来自20世纪"绝对唯一"的自我加冕者群像,他们所抱持的全局性思想体系,不仅被爱因斯坦,亦被早期达达主义者所怀疑——"逻辑总是错的,它将概念和字词肤浅地引向虚假的结论和中心。"

难民危机的背景下来看待。我理解她所代表的欧洲知识分子的焦虑——自巴塞尔离开瑞士边境进入德国，我便在公共汽车上遇见大批手持难民证的叙利亚人。虽然目前瑞士境内难民较少，亦无炸弹威胁，但不能闭上眼睛假装天下太平——瑞士国家旅游局全球客户主任包西蒙在苏黎世的一次招待晚宴上说道：那只是迟早的事。布勒抛出的问题有着这样的迫切性：我们在这样一个对外来文化充满疑虑，甚至恐惧的时刻，是否能够继续开放并思索新的可能性？

置身于如此时代背景之下，对于历经两次世界大战的欧洲来说，"中国私语"便不只是一项私人收藏的呈现，更是关于另一个文化、另一种身份认同的思考。虽然"中国私语"来自百科全书式的收藏，作品的话语各有指向，但不难看出，当中国式的"绝对唯一"失效之后，艺术家们面对多重价值标准的交叉路口呈现出共有的复杂心态。实际上，如果剔除民族标签在国际市场上的商业价值，中国当代艺术便剩下一具持续向质疑开放的骨骼，相对主义立场弥散在大部分作品中。孙原和彭禹的电动装置作品《老人院》即是如此，一张张轮椅上，那些以让·丁格利的机械装置式节奏无规则移动的垂垂老者，正是来自20世纪"绝对唯一"的自我加冕者群像，他们所抱持的全局性思想体系，不仅被爱因斯坦，亦被早期达达主义者所怀疑——"逻辑总是错的，它将概念和字词肤浅地引向虚假的结论和中心。"

站在2016年初，即便仅以来自亚洲的"中国私语"为例，亦不难看出达达主义在100年间的诸种胜利。比如，达达将传统艺术中的人质——"美",从二者的关系中释放,宣布现代艺术与传统美感的婚姻结束。特里斯坦·查拉写在1918年《达达宣言》中的那句话至今奏效,并为当代艺术背书:"客观地说,一件艺术作品绝不为任何人呈现美感。"这意味着,不再存有任何标准化的美的经历。再者,达达主义者对于现成品的运用及其衍化,更是成为当代艺术的一种基本手段。如果说旅居美国的达达主义者马塞尔·杜尚(Marcel Duchamp)使用的现成品概念,以及他对大众文化的兴趣,为日后的波普艺术提供了一种参照,并促成了从视觉艺术到音乐、表演等领域的诸多精妙推演,其影响足以写成半部战后文化史,那么在中国艺术家手中,现成品则更接近于一种物证。毛同强的大型装置作品《地契》,搜集了从清代到"文革"的各种地契,见证了土地所有权如何沦为一张张废纸;而以李松松的《温都尔汗》为代表的一批新绘画,则将照片之类的现成品重新演绎为用途可疑的非现成品;何翔宇的《坦克项目》聪明地利用路易·威登的皮革和手工艺,制作出一只巨大的撒了气的坦克,指向硬实力向软实力的笨拙转换……可以说,如果没有达达主义,我很难在今天看到这些作品。

"没有什么意味"的魔力

让·丁格利拒绝承认自己是达达主义者。

可是,他不是达达主义者又是什么呢?

他创造的动态机械雕塑《荷尔拜因喷泉》,不正是"愚蠢的天真"(雨果·巴尔认为德语"达达"含有此意)的化身吗?

让·丁格利从废旧金属中唤醒的那一大堆黑乎乎的"绝不为任何人呈现美感"的形体,自1977年以来,已在巴塞尔老城剧院旧址前的水池里忙碌了近40个年头:旋转,翻滚,喷水……但《荷尔拜因喷泉》的忙碌,绝无半点伯尔尼钟楼上"小丑跳舞,小公鸡鸣唱,小狗熊又吹笛又打鼓"那般为赞美绝对而忙碌的和谐,反倒更像是《等待戈多》舞台上的一伙货色,为混合肯定与否定而忙碌,荒谬地忙碌。喷泉雕塑的"舞蹈"场景,据说与文艺复兴时期德国画家汉斯·荷尔拜因的一幅作品有关,遂有此总题;而水池中央"风笛演奏者"的灵感,则要拜阿尔布雷希特·丢勒(Albrecht Durer)的画作所赐。荷尔拜因和丢勒的"照相写实主义",在今天看来,虽有被摄影师夺去饭碗的风险,却属名门正派,《荷尔拜因喷泉》与其相比,一看便不是"正统派",不是"非艺术"就是"反艺术"。让·丁格利对此供认不讳:"在我看来,真正的艺术显然是对整体文化的一种彻底叛逆,而且表明了一种政治的倾向。"毫无疑问,此说正是达达的主张。如果说启蒙运动主要哲学家伊曼努尔·康德断定,"启蒙运动就是人类脱离自己所加之于自己的不成熟状态",那么后启蒙时代的达达主义者,便是铁了心地要为自己加持启蒙主义者眼里的"自己所加之于自己的不成熟状态"。让·丁格利即是如此,他自己也承认,"我的作品都是'非艺术',这些作品在画廊中看起来很有意思,它们表达了达达理念……那些仍在世的达达主义艺术大师认为我的作品体现的'反艺术'正是他们所寻找的……我使达达主义步入正轨",但他坚持嘴硬的权力——"我却并不是达达主义者。"此中纠结,简直是一出达达主义版哈姆雷特独白。

　　提契诺建筑师马里奥·博塔为巴塞尔设计的让·丁格利艺术馆,仿佛另一处《等待戈多》的舞台:代表自我加持的成熟收藏自我加持的不成熟,代表"整体文化"收藏对于整体文化的反叛。如果想在100年后彻底厘清瑞士境内的达达主义,让·丁格利艺术馆应该是不可或缺的一站,他那些以"没有什么意味的"作品反对着作品本身的作品,只不过是从伏尔泰酒馆出发的登山专用齿轨铁路所抵达的山腰一站。他冒充现世上帝杜撰的那些机械,似乎比纽约达达马塞尔·杜尚对"作品-工业产品"的形式关注更进一步,他着手拆解并重组"作品-工业产品"的具体"功能",借助功能无效性对抗"整体文化"之于功能的期待。

　　走进让·丁格利艺术馆的展厅,仿佛置身于人类失败博物馆。被特里斯坦·查拉册封为"标志人类绘画死亡"的《形而上·机器》,已经花了半个多世纪的时间戏谑抽象绘画,至今依然会应

让·丁格利冒充现世上帝杜撰的那些机械,似乎比纽约达达马塞尔·杜尚对"作品-工业产品"的形式关注更进一步,他着手拆解并重组"作品-工业产品"的具体"功能",借助功能无效性对抗"整体文化"之于功能的期待。

观众的要求而转上几圈，再度将绘画作品祛魅乃至降格为机器产品——只要你伸出脚去，对准地上的开关猛踩几下。《形而上·机器》于1950年代末在巴黎展出引发轰动后，让·丁格利便甩开手脚，大规模制作各种各样自由而无用的祛魅"产品"。他甚至发明出一种破坏性装置"打碎盘子的机器"，推销给一家销售盘子的百货公司，成为现代社会这台大机器运作状态中的一个有趣悖论。美国过程哲学家大卫·格里芬（D.R.Griffin）从后现代科学的角度阐释了祛魅世界观的来龙去脉，比如其在《后现代科学——科学魅力的再现》一书中所说："这种祛魅的世界观既是现代科学的依据，又是现代科学产生的先决条件，并几乎被一致认为是科学本身的结果和前提。'现代'哲学、神学和艺术之所以与众不同，在于它们把现代性的祛魅的世界观当作了科学的必然条件"，"不仅在'自然界'，而且在整个世界中，经验都不占有真正重要的地位。因而，宇宙间的目的、价值、理想和可能性都不重要，也没有什么自由、创造性、暂时性或神性。不存在规范甚至真理，一切最终都是毫无意义的"。

  这么说来，达达主义反对的一切，即启蒙主义呼唤的理性，理性创造的科学，恰恰催生了达达主义，这真是一件达达得不能再达达的事。那种自我加持的不成熟状态，无非来源于"一切最终都是毫无意义的"祛魅的世界观。只不过，过程毕竟远非"最终"，《等待戈多》舞台上的角色毕竟要等待下去，甚至忘记了为什么而等待，高兴地唱起歌来。我在巴塞尔街头遇见过一位祛魅的鼓手，演奏的时候,他致力于将每一节奏击错,却创造出另一种魅惑。让·丁格利的动力机械装置的强烈"过程性"所释放出来的音响效果也有异曲同工之妙,展厅上下,将艺术家、机械与受众置于整件"作品"之中的走了调的合鸣与变奏此起彼伏。而且,那些受制于地心引力的机械,总是在每一段演奏的末尾流露出疲态与衰竭,短暂的高潮之后,它们会像人类一样体力不支,总要休息一段时间,才能再次为急切地踩踏开关的观众演示"一切最终都是毫无意义的"努力与勤勉。

朗诵结束,没有人发出早期达达主义者必须面对的嘲笑,唯有一连串礼貌的掌声。阿德里安·诺兹投桃报李,提出请大家喝杯咖啡。但当他钻入吧台,奋力捣鼓了一阵之后,又严肃地走回正厅宣布:咖啡机坏了,没有咖啡了。

1959年底,让·丁格利在英国现代研究院举办了题为"Static, static, static! Bestatic!"的演讲,从头至尾不置一词,仅由录音机播放演讲内容。其现场效果,与早期达达创造的语音诗歌颇为类似,而达达主义经由诗歌产生的对于语言的颠覆,已经深深地影响了20世纪迄今的写作、艺术、思维方式与意识状态。

好吧,还是让我们回到伏尔泰酒馆。十几年间,我每次来到苏黎世，都会路过这家酒馆，但直到两年前，才意识到它就是达达主义的起源地。虽然在1917年后，苏黎世达达因为声名鹊起而逐渐将主要活动场所搬到了利马河对岸的豪华大楼，比如以彩色玻璃、花砖火炉和鱼类烹饪而闻名的沃格会馆餐厅（Restaurant Zunfthaus zur Waag）。达达主义者就像修正主义者那样出售昂贵的晚会门票，预先拟好客人名单，以期吸引具有良好教育背景的"开明观众"，也就是他们在一年前强烈反对的资产阶级，以至此类活动被理查德·许尔森贝克讽刺为"工艺美术的修甲沙龙，其特征是一群喝茶的老妇人借助于某种'疯狂之物'，试图恢复其正在失去的性能力"。而伏尔泰酒馆所在的老屋，实际上自第一次世界大战结束，各国艺术家返乡之后，便在20世纪的多半剩余时光中处于空置状态，甚至差点儿被拆迁、变卖，但它总算被本地艺术家的占领行动以及随后的议会辩论保留了下来——2002年2月2日，马克·迪沃（Mark Divo）率领十几个人闯了进去，所有人都穿上正装，在这座破败的"前卫的纪念碑"里举办了一场音乐会。2004年9月30日，借助于苏黎世市政府资金的补贴，伏尔泰酒馆重新开业。"如果谈到达达主义，只把它看作一场时代思潮，那么就会把它与伏尔泰酒馆分离开。但群众就是群众，他们喜欢将达达主义和伏尔泰酒馆绑定在一起。"酒馆现任经理阿德里安·诺兹（Adrian Notz）以近乎列宁的口吻如此表示，"即使伏尔泰酒馆不复存在，这对于达达来说也算不上灾难，但这对于苏黎世来说却将会是一场灾难。即使其他地方认可达达，例如巴黎和柏林，但是达达的发源地终也只

2004年9月30日，借助于苏黎世市政府资金的补贴，伏尔泰酒馆重新开业。正厅努力恢复成1916年的风格，与伏尔泰胸像相伴的，是墙壁和立柱上悬挂的那些达达主义"经典样式"的图画、拼贴和照片。

从来就没有什么救世主，达达们团结起来到明天！

有一个。"

我不清楚真正的达达主义者是否喜欢原教旨主义一般追溯历史的方式：酒馆的正厅努力恢复成1916年的风格，与伏尔泰胸像相伴的，是墙壁和立柱上悬挂的那些达达主义"经典样式"的图画、拼贴和照片，桌椅看上去也很陈旧，依然仅供50人左右使用，小舞台一侧的小钢琴看上去的确超过了100岁……不过，伏尔泰酒馆中也有一些新鲜的东西，比如摆满艺术衍生品的商店，以及穿过商店继续下行所抵达的那个洞穴里的剧场——中间是一座闪闪发光的金属舞台，阶梯状，就像小型金字塔，塔顶矗立一根同样材质的烟囱或柱子，将观众的视线引向天花板，那上面以达达的方式记录着达达的历史，以及从未参加过达达主义运动的达达主义者的名字，比如詹姆斯·乔伊斯（James Joyce）、卡尔·古斯塔夫·荣格（Carl Gustav Jung），等等——实际上，苏黎世歌剧院旁边的大使酒店（Hotel Ambassador）也是这么干的，楼梯一侧旋转向上的墙壁成为了展览空间，陈列着推翻"唯一绝对"阵营的"一百单八将"的肖像与生平，其中包括阿尔伯特·爱因斯坦与西格蒙德·弗洛伊德。

这是一场彻底的狂欢。整个苏黎世都已沉浸在这种追溯与狂欢之中，名为《达达苏黎世》的城市地图上标出了163个与这一运动相关的地点：瑞士境内拥有最多达达艺术品的收藏机构苏黎世艺术博物馆，正在举办"重建全球达达"（Dadaglobe Reconstructed）展览，并着手将档案柜中沉睡多年的达达文献和540件艺术作品加以数字化；火车站附近的国家博物馆则在举办"全世界的达达"

（Dada Universal）展览，意在阐释达达的国际化及其对后世的影响，其副策展人朱里·斯泰纳（Juri Steiner）亦是创建纪念达达100周年网站和组织相关活动的协会主席；此外，还有无数的其他展览、演出、朗诵会、讨论会、化妆舞会、城市游、图书出版、纪录片以及网络项目……

伏尔泰酒馆正在举办为期165天的马拉松式庆祝活动，并推出一个名为"痴迷达达"（Obsession Dada）的展览。我之所以会像让·丁格利的装置中的一小截弹簧那样在清晨6点冒雪赶往伏尔泰酒馆，就是为了去聆听马拉松式纪念活动中的一场晨祷般的诗歌朗诵。

前一天夜里，我刚刚在酒馆听过一场朗诵。一位漫游欧洲的诗人，带来两台彩色速印机，将镶嵌着自己诗句的达达主义风格招贴画现场打印出来，分赠观众。活动结束，正当我准备离开伏尔泰，前往对面的Baltho酒店尝一杯最新推出的"达达主义苦艾酒"的时候，负责艺术项目的诺拉·豪斯维特（Nora Hauswiehrt）叫住了我，她提醒道，明天6点半还有一场朗诵。哦，很遗憾，明天中午我就离开苏黎世了。不，她说，不是下午6点半，而是早上，阿德里安·诺兹每天在那个时刻朗诵一位达达主义者的作品。喔，这真有点意思。于是，第二天一早，我和其他3位本地观众，以及另一位国际观众一道，在一片灰黑的黯淡之中，再度钻入刚刚亮起灯光的伏尔泰酒馆。

朗诵并未准时开始——否则真不达达——差不多6点3刻的时候，身着正装的阿德里安·诺兹扫视了一下所有观众，然后转问

一场晨祷般的诗歌朗诵:每天早上6点半,伏尔泰酒馆的经理阿德里安·诺兹朗诵一位达达主义者的作品。他曾以近乎列宁的口吻表示:"即使伏尔泰酒馆不复存在,这对于达达来说也算不上灾难,但这对于苏黎世来说却将会是一场灾难。即使其他地方认可达达,例如巴黎和柏林,但是达达的发源地终也只有一个。"正是在这个简陋的发源地——1916年的酒馆内设一个小舞台,一架钢琴,以及供约50人就坐的桌——每当夜幕降临,便轮番上演街头歌谣、"黑人舞蹈"、诗歌朗诵等各式各样体现"现代情感"的节目,观演之间几乎没有任何空隙,观者经常对演者报以嘲弄,演者则以噪音相对抗。我去观看的那一天,朗诵并未准时开始——否则真不达达——差不多6点3刻的时候,身着正装的阿德里安·诺兹扫视了一下所有观众,然后转问我:英文朗诵,怎么样?当然好。于是,他打开一本书,面向仅有的5位观众介绍当天的诗歌作者,达达主义艺术家奥托·格里贝尔的生平。他的身旁竖着一只高科技的乐谱架——如果仔细观察,会发现应该摆放纸质乐谱的位置夹着一台平板电脑,设置为自拍模式。而后,他转过身去,背对着观众朗诵。1916年6月23日,雨果·巴尔在这里朗诵语音诗歌的"经典照片"张悬在他身前的墙壁上,仿佛一具圣像。雨果·巴尔的日记还原了那个时刻:"我的两腿被包在一个闪闪发光的用蓝色硬纸板做成的圆柱里,圆柱高到臀部,因此我看起来像座方尖塔……我在外面套了一件用硬纸板裁剪而成的高高的外套衣领,里面猩红外面金黄……我还戴了一顶高耸的蓝白条纹相间的巫医帽。"那个晚上,他被带往一排绘有涂鸦的乐谱架前,开始大声朗诵咒语。语音诗歌朗诵中一连串刺耳的无意义的噪音,既来自达达主义者对意大利未来主义者诗歌表演的借鉴,也来自雨果·巴尔的"发明"——他将诗歌拆碎,将基本词汇与生造词汇混杂于一处,成为含混不清的咒语。他强调:"在语音诗歌里,我们完全抛弃了已被新闻界滥用的语言……我们必须恢复字词最幽深之处的魔力。"

我：英文朗诵，怎么样？当然好。于是，他打开一本书，面向观众介绍今天的诗歌作者，达达主义艺术家奥托·格里贝尔（Otto Griebel）的生平，身旁竖着一只高科技的乐谱架——如果仔细观察，会发现应该摆放纸质乐谱的位置夹着一台平板电脑，设置为自拍模式。而后，他转过身去，背对着观众朗诵。1916年6月23日，雨果·巴尔在这里朗诵语音诗歌的"经典照片"张悬在他身前的墙壁上，仿佛一具圣像。雨果·巴尔的日记还原了那个时刻："我的两腿被包在一个闪闪发光的用蓝色硬纸板做成的圆柱里，圆柱高到臀部，因此我看起来像座方尖塔……我在外面套了一件用硬纸板裁剪而成的高高的外套衣领，里面猩红外面金黄……我还戴了一顶高耸的蓝白条纹相间的巫医帽。"那个晚上，他被带往一排绘有涂鸦的乐谱架前，开始大声朗诵咒语：

    gadji beri himba

    glandridi lauli lonni cadori

    gadjama bim beri glassala……

  语音诗歌朗诵中一连串刺耳的无意义的噪音，既来自达达主义者对意大利未来主义者诗歌表演的借鉴，也来自雨果·巴尔的"发明"——他将诗歌拆碎，将基本词汇与生造词汇混杂于一处，从而比意大利先驱的作品更"抽象"，成为含混不清的咒语。他强调："在语音诗歌里，我们完全抛弃了已被新闻界滥用的语言……我们必须恢复字词最幽深之处的魔力。"这种拒绝接受语言的符号能力,即传达意义的能力,转而试图回归语言的基本单位,并试图为事物寻找新名称的神秘欲望,又何尝不是对德国哲学家尼采的若干观点的回应。后者对雨果·巴尔那一代艺术家产生了重要影响,他把语言视作已经疲惫的"移动的隐喻大军",并声称在单词及其对应物之间产生过不搭配的感觉。

  我没能听懂一个字。朗诵结束,没有人发出早期达达主义者必须面对的嘲笑,唯有一连串礼貌的掌声。阿德里安·诺兹投桃报李,提出请大家喝杯咖啡。但当他钻入吧台,奋力捣鼓了一阵之后,又严肃地走回正厅宣布:咖啡机坏了,没有咖啡了。

  多么完美!否则多么不达达!这让我想起范内哲姆在1968年撰写的《日常生活的革命》中的一句话:"达达的开始是重新发现活生生的体验及其可能的乐趣——它的结束是对所有观点的颠覆,它创造了一个崭新的宇宙。"

图书在版编目（CIP）数据

与酒神同行／韩博著.－－杭州：浙江文艺出版社，2017.8
ISBN 978－7－5339－4924－2

Ⅰ.①与… Ⅱ.①韩… Ⅲ.①散文集－中国－当代 Ⅳ.①I267

中国版本图书馆CIP数据核字（2017）第140256号

策划统筹：曹元勇
责任编辑：周　语
特约编辑：文　彬
封面设计：朱云雁
责任印制：吴春娟

与酒神同行
韩博　著

出版发行：浙江文艺出版社
地　址：杭州市体育场路347号　邮编：310006
网　址：www.zjwycbs.cn
经　销：浙江省新华书店集团有限公司
印　刷：浙江新华数码印务有限公司
开　本：920mm×1300mm　1／32
字　数：170千字
印　张：8.75
版　次：2017年8月第1版　2017年8月第1次印刷
书　号：ISBN 978－7－5339－4924－2
定　价：58.00元

版权所有　侵权必究
如有印、装质量问题，请寄承印单位调换